Adolf Hausrath

Der Ketzermeister Konrad von Marburg

Adolf Hausrath

Der Ketzermeister Konrad von Marburg

ISBN/EAN: 9783743370449

Hergestellt in Europa, USA, Kanada, Australien, Japan

Cover: Foto ©Raphael Reischuk / pixelio.de

Manufactured and distributed by brebook publishing software (www.brebook.com)

Adolf Hausrath

Der Ketzermeister Konrad von Marburg

Der Ketzermeister

Konrad von Marburg

von

Adolf Hausrath
Lic. theol.

Heidelberg.
Buchhandlung von Karl Groos.
1861.

Konrad von Marburg.

Eine

Dissertation.

Den

Lehrern und Freunden

im Sachsenlande!

I. Die Ketzerei.

Kein anderes Land hatte die Kirche im Mittelalter so vollständig in ihre Dependenz gebracht, mit keinem so rücksichtslos geschaltet, wie mit Deutschland. Denn der deutsche Charakter und die deutsche Uneinigkeit waren ein dankbares Material für die Arbeit der Kurie. Der ganze Apparat geistlicher Herrschsucht und Habsucht wurde bei uns in Bewegung gesetzt, — wie kommt es, daß wir da gerade mit dem Institut verschont blieben, durch das sich die Kirche tiefer in's Leben der Völker hineinzwängte, als durch irgend ein anderes? Wie kommt es, daß man gerade das Volk mit der Inquisition verschonte, dessen brütender Tiefsinn sie so nöthig, dessen Obedienz ihre Einführung so leicht gemacht hätte? Neigung zur Ketzerei und fanatische Kirchlichkeit lagen hier schroffer neben einander als sonst wo, warum so ungenützt?

Die Antwort auf diese Fragen giebt die Geschichte des 13. Jahrhunderts. Auch bei uns sollte damals das neu gegründete Glaubensgericht eingeführt werden, und ward nur deshalb nicht durchgesetzt, weil gleich seine erste Thätigkeit über alle Begriffe plump und grausam war. Es gehört zu den geschichtlichen Fügungen, daß das Inquisitionsverfahren zuerst gleich in solche Hände gelegt wurde, die am wenigsten geeignet waren, ihm etwas zu benehmen von seiner Furchtbarkeit.

Immerhin waren es nicht zu unterschätzende Gefahren, die die Kirche zur Einführung der Inquisition drängten, und ultramontane Historiker haben so Unrecht nicht, dieselbe als einen Akt der Nothwehr darzustellen. Man unterschätzt die Macht und die Verbreitung der Ketzerei im Mittelalter gar leicht, wenn man die Geschichte jenes Zeitraums auf officielle Aktenstücke gründet, die mehr kuriale Ansprüche und Einbildungen als den wahren Sachverhalt wiederspiegeln.

Denn während die Kirche allerdings zu Anfang des 13. Jahrhunderts auf der Höhe ihrer äußeren Machtstellung angelangt war und über Könige und Kaiser Triumphe feierte, waren dagegen auf dem Boden des Volkslebens weit verbreitete und schwer zu fassende Mächte thätig, ihr in aller Stille die Wurzeln ihrer Existenz abzugraben. Von der Bulgarei bis an den Ebro, von der Nordsee bis an die Tiber, hatte die Häresie ihre Netze ausgebreitet, ja in ganzen Ländern an der untern Donau und im südlichen Frankreich wird dem Ansehen der Kirche offen Hohn gesprochen.

Wenn uns gleich alle Mittel fehlen, im Einzelnen nachzuweisen, unter welchen Bedingungen sich hier und dort häretisches Wesen entwickelte, so sind doch im Allgemeinen die Ursachen dieser Erscheinung leicht zu erklären. Die größere Hälfte sämmtlicher ketzerischen Regungen lassen sich einfach als Nachwirkung jener großen gnostischen und manichäischen Bewegungen begreifen und selbst der Weg läßt sich Station für Station nachweisen, auf welchem der Samen der alten Häresie in's Abendland getragen wurde, um da noch einen ausgebreiteten Flor zu erlangen, nachdem sie in ihrem Vaterland längst untergegangen war. Wo dagegen neue Ketzereien erstanden, geschah es meist in biblisch-evangelischem Gegensatz gegen die fortschreitende Veräußerlichung und Verweltlichung des Kirchenthums, oder es war eine lebhaftere Regung jener populären Mystik, die jederzeit eine bedenkliche Disposition zu häretischen Ausschreitungen in sich trug.

Zu eigentlichen Conventikeln aber und ketzerischen Verbindungen entwickelten sich diese Richtungen vornehmlich unter den Einflüssen jener großen von Gregor VII. heraufbeschworenen kirchlichen Revolution, in welcher der Inhaber des Stuhles Petri das Volk selbst mit allen Mitteln und durch dienstbare Geister aller Art aufwiegeln ließ gegen einen nicht unbeträchtlichen Theil der Geistlichkeit. Diese demagogische Agitation, bei der Mönche und Legaten dem Volke selbst die Augen öffneten über wirkliche und vermeintliche Laster des Klerus und es aufklärten über die Entartung der Kirche, trug bittere Früchte. Denn nicht nur drängte die geweckte Opposition namhafte gegnerische Kreise in schismatische Ketzerei hinein, sondern sie gerieth selbst über die kirchlichen Gränzen hinaus in Anschauungen, die alle Grundlagen des katholischen Systems negirten[1]).

Wenn nun aber all' diese häretischen Erscheinungen gerade in der klassischen Periode des Katholicismus, in der Zeit der Kreuzzüge, zum Ausbruch kommen, so ist das gewiß nicht zufällig gewesen. Einerseits mag die allgemeine Bewegung der Geister manches aufgewühlt haben, was auf dem Grunde des Volkslebens schlummerte, anderseits hat gewiß der wiederhergestellte Verkehr mit dem Orient ein Bedeutendes zu dieser Erscheinung beigetragen. Nicht als ob wir den direkten Import an manichäischer Waare in dieser Zeit noch hoch anschlagen wollten; aber wenn zwei Culturwelten in dieser Weise zum ersten Mal feindlich aufeinanderstoßen, so bringen sie nicht nur im hitzigen Wettkampf ihre höchsten und schönsten Blüthen hervor, ihre größten Charaktere, sondern sie entbinden auch jenes kritische Bewußtsein, das an ihnen seine zersetzende Arbeit beginnt. Hatte bis zu jenem Zusammenstoß der Geist selbstbefriedigt in dieser Culturform gelebt, weil er eine andere nicht kannte, so hat er jetzt an der neu entdeckten Welt einen Maßstab gewonnen zur Beurtheilung der eigenen. Er sieht andere Sitten, andere Bräuche, anderen Glauben. Was ihm seither, wie selbstverständlich, unwidersprechlich und unwidersprochen feststand, das ist ihm nun zufällig und relativ geworden. Er sieht, es könnte auch anders sein und bald wird er fragen: warum sollte ich es nicht ändern? Eine solche Krise ist auch damals eingetreten und es ist bekannt, daß gerade von den Kreuzfahrern nicht alle

---

[1]) Wir erinnern nur an jene Pataria, die ein Hauptwerkzeug für die Durchführung von Gregor's Reformen in der Lombardei war, und in ihrer antiklerikalen Tendenz bald so häretisch wurde, daß ihr Name schon früh in allen Ketzerkatalogen obenan steht. Vergl. auch das Chron. Gamblacens. ad annum 1074, das aus der Schweiz Aehnliches berichtet: Laici sacra mysteria temerant et de his disputant, infantes baptizant, sordido humore aurium pro sacro oleo et chrismate utentes, in extremo vitae viaticum dominicum et usitatum ecclesiae obsequium sepulturae a presbyteris conjugatis accipere parvi penduut, decimas Presbyteris deputatas igne cremant et laici corpus domini a Presbyteris conjugatis consecratum saepe pedibus conculcarunt et sanguinem domini voluntarie effuderunt.

„ungestraft unter den Palmen wandelten," sondern daß Einzelne und ganze Gemeinschaften ganz direkt des Muhamedanismus beschuldigt wurden (Friedrich II., Simon de Tournay, die Templer). Aber überhaupt war schon damit, daß der Geist sich eines Maßstabes bemächtigt hatte, mit dem er Grund und Festigkeit seiner eigenen Weltanschauung ausmessen konnte, ein dem absolut dogmatischen Katholicismus feindliches, ihn auflösendes Princip gegeben, das jener Sektenbildung nur förderlich sein konnte.

Läßt sich somit der Ursprung dieser häretischen Disposition wohl begreifen, so sind anderseits auch politische Momente genug bekannt, unter deren Gunst sie immer weiter um sich griff. So war es namentlich der nie aufhörende Kampf der Kaiser und Päbste, der Ministerialen und Bischöfe, der Freien und Klosterleute, der von den Häretikern mit Geschick ausgebeutet wurde[2]). Trefflich wußten sie die antiklerikalen Tendenzen zu nutzen und sich mitunter auch des während des Interdiktes unbefriedigten religiösen Interesses zu bemächtigen[3]), und bald hatten es die Päbste zu bereuen, über dem Kampf mit den Löwen des schwäbischen Kaiserhauses, die kleinen Füchse übersehen zu haben, die den Weinberg des Herrn zerwühlten.

Aus solchen Ursprüngen entstammte und unter solchen Bedingungen erwuchs jene Reihe von ketzerischen Bewegungen, die im 12. und 13. Jahrhundert den Bestand der römischen Kirche in einzelnen Ländern bedrohte. Indessen ist es keineswegs leicht, sich einen klaren Einblick in den Zusammenhang und die Sonderung dieser häretischen Parteien zu verschaffen. Die Chroniken geben verworrene Gerüchte oder aphoristische Notizen, und die Kirche selbst hat sich nie die Mühe genommen, die Ketzer nach ihren Eigenthümlichkeiten zu sondern. „Sie haben verschiedene Gesichter," schreibt Gregor IX., „aber mit den Schwänzen hängen sie alle zusammen[4])."

---

[2]) Unter Anderm hat die Ketzerei der Stedinger mit solchen Händeln begonnen.

[3]) Interessant ist in dieser Beziehung die bekannte Stelle des Albertus Stadensis zum Jahr 1248 über die Demonstration der Häretiker zu Schwäbisch Hall zu Gunsten des gebannten Kaisers; — und für die öffentliche Stimmung gegen Pabst und Klerus die Lieder Walters von der Vogelweide.

[4]) Labbei conc. XI., p. 334.

Zum Verbrennen reichte das hin, ob auch zum Bekehren? So weit unsere Kunde reicht, lassen sich am ehesten drei Hauptgruppen unterscheiden: neue Manichäer, neue Montanisten, und Waldenser.

Die Dogmatik der neuen Manichäer (Katharer) unterscheidet sich in nichts Wesentlichem von der der alten. In auffallendem Maße ist bei ihnen die Wichtigthuerei alles Sektenwesens entwickelt. Nicht nur daß sie sich einen complicirten Apparat von operibus operatis ausgesonnen, durch die die Sündigkeit des menschlichen Körpers nach und nach neutralisirt werden könne, sondern sie hatten sich auch eine Menge von Würden und Aemtern, eine vielfach abgestufte Hierarchie geschaffen und prahlten mehrfach mit ihrer trefflichen Organisirung. An der Spitze stand ein Pabst, der bald in Mailand, bald in der Bulgarei residiren soll, unter ihm 12 magistri, dann 72 Bischöfe, dann eine unbestimmte Zahl perfecti, dann auditores und credentes. Selbst die Universität fehlt nicht zur Ausbildung ihrer Lehrer. Ihre Häuser sind durch gewisse am Dach aufgesteckte Symbole kenntlich gemacht, die das Oberhaupt zu Mailand jährlich ändert, durch gewisse Zeichen wissen sie sich unter der Menge zu erkennen und durch eine Geheimsprache einander verständlich zu machen, ohne Andern sich damit zu verrathen, und was dergleichen Freimaurerstückchen mehr sind[5]). Ihre Bischöfe hielten es für rathsam, die Namen der katholischen Bischöfe ihrer Gegend, der Pabst den des jeweiligen römischen Vaters anzunehmen, damit ihre Gläubigen vor den Gerichten der Welt mit gutem Gewissen schwören könnten, sie hielten den Glauben des Bischof Theoderich oder des Bischof Gregor[6]). So waren sie auch sonst beflissen sich durch eifrigen Kirchenbesuch sicher zu stellen. Im Unterschied von allen andern Ketzerparteien zogen sie sich am liebsten in große Städte und an die Straßen des Verkehrs, wo es Gelegenheit gab erfolgreiche Propaganda zu machen, und ihre katholischen Gegner wissen dabei ihre Schlauheit und Rührigkeit nicht genug zu bejammern[7]).

Ueber den sittlichen Werth dieser Partei läßt sich streiten; auf

---

[5]) Trithemius, Chron. Hirsaug. zum Jahr 1230.
[6]) Hartzh. Concil. Germ. III, pag. 539.
[7]) Der Erzbischof Siafried von Mainz spricht in seinem Bericht an den Pabst von ihren astutiis als einer bekannten Sache. Chron. Alberici ad ann. 1232.

die Schauergeschichten von ihren nächtlichen Orgien legen wir keinen weiteren Werth; schon mehr darauf, daß eine Dogmatik, die einerseits eine totale Sündigkeit der sinnlichen Seite des Menschen lehrt, andererseits bennoch die Rechtfertigung durch eine Reihe von operibus operatis zu Stande kommen läßt, nothwendig dahin kommen muß, das Sündigen für selbstverständlich und die Rechtfertigung für etwas Aeußerliches zu halten. Ihre strenge Askese — durch das consolamentum eingeleitet — ist keine Instanz dagegen, denn sie wurde zumeist auf eine Zeit verspart, in der das posse non peccare in ein non posse peccare überzugehen pflegt. Auch kann der, der wie sie für perfecti und imperfecti verschiedene sittliche Gebote kennt, vom Wesen der Sittlichkeit nicht viel erkannt haben. Ueberhaupt was sonst noch von ihren Gewohnheiten und ihrer Art erzählt wird, sticht so mächtig ab von den doch auch feindseligen Berichten über die Waldenser, macht so sehr den Eindruck der Schlangenklugheit und Perfidie, daß wir zu ihrem Charakter wenig Zutrauen fassen können[8]).

Neben diesen wohlorganisirten Katharerlogen sehen wir dann bald hier bald dort häretische Konventikel blasenartig auftauchen und wieder verschwinden. Ihr gemeinsamer Charakter ist ein fanatischer Gegensatz gegen das entartete Kirchenthum, schwärmerisch apokalyptisches Wesen und gespannte Erwartung des bevorstehenden Welt-Endes. Dies Alles, sowie die ganze visionäre, ekstatische und spasmatische Art ihrer Frömmigkeit, stellt sie am ehesten dem alten Montanismus an die Seite, obgleich sie freilich sich nicht immer einer gleich rigorosen Sittlichkeit befleißigten. Wir brauchen nur an die Namen des Petrus de Bruys, Hanrich, Tanchelm, Eon, Joachim von Floris zu erinnern, um das Gemeinsame dieser schwärmerisch apokalyptischen Richtung hervorzuheben. Ohne es als Sekte zu einer bestimmten Organisation bringen zu können, war diese Richtung dennoch schwer zu bekämpfen und niemals auszurotten. Sie war ein Symptom des allgemeinen Krankheitszustandes der Kirche und zog sich wie ein rheumatisches Uebel aus einem Gliede ihres Leibes in das andere, und ist, ohne zu bestimmten Gestaltungen zu gelangen, dennoch von bedeutenden Nachwirkungen geblieben.

Die dritte Gruppe bilden denn die Waldenser. Sie waren

---

[8]) Vergl. epist. Yvonis ad Girald. Archiep. Burdegalensem, Gieseler II. 603, und die Geschichte ihres sauberen Heiligen Punzilovo.

ein Zeugniß für die Existenz der verloren gegangenen Schrift⁹); die Stillen im Lande, die sich kümmerten um ihre Seligkeit. Zu Anfang verkündigten sie gerade und bieder ihre Meinungen und trugen sie zutraulich dem Pabste selbst vor. Durch seinen Spott und der Bischöfe Verfolgungen verschüchtert, zogen sie sich dann in die Abgeschiedenheit entlegener Thäler zurück, um da in strenger Weltflucht einzig nach der Norm des Evangeliums leben zu können. Ihnen allein war nicht sowohl die Opposition gegen die öffentliche Kirche, als das Bedürfniß einer positiven Neugestaltung des Lebens und Glaubens das Band, was sie zusammenhielt.

Die katharischen Unruhen in Südfrankreich machten es zuerst offenbar, daß die Kirche noch andere Feinde zu bekämpfen habe, als die jenseits des mittelländischen Meeres. Die Ketzer waren in jenen Gegenden so stark geworden, daß es ihnen nicht mehr genügte, selbst geduldet zu sein, sondern anfingen die Katholiken zu verjagen. So waren noch vor Ausbruch des Krieges die Bischöfe von Toulouse, Oleron, Agen, Carcassone, Albi, Carpentras, Vaison und viele Aebte von den Häretikern vertrieben worden¹⁰). Nicht nur, daß diese eigene Kirchen, Kirchhöfe und Schulen hatten, sondern unter der Gunst der Landesherren und des höheren Bürgerstandes waren sie es, die das öffentliche Leben beherrschten, so daß kein angesehener Bürger oder Adeliger mehr seine Söhne der Geistlichkeit zur Erziehung, geschweige denn zur Ausbildung zum geistlichen Amt überließ. Schämten sich doch die Priester selbst ihres Standes und pflegten im gesellschaftlichen Verkehr ihre Tonsuren zu verbergen¹¹). Auch war das nicht etwa eine vorübergehende Strömung, sondern in einem 10jährigen Kriege mit dem halben katholischen Frankreich erwies die katharische Partei ihren Ernst und ihre Mittel. Indessen nicht viel besser als in Südfrankreich sah es in der Lombardei und in Bulgarien aus, und in manchen Theilen von Deutschland doch auch bedenklich genug. Zumal das Rheinthal war von Frankreich aus während der Albingenserkriege überschwemmt worden und hauptsächlich

---

⁹) Gest. Trevirens. Archiep. bei Martene IV. col. 243. Et plures erant sectae, et multi eorum instructi erant scripturis sanctis, quas habebant in Theutonico scriptas vel translatas.
¹⁰) Benoist. Hist. 1, p. 7.
¹¹) Wilhelm v. Puilaurans. Chron. praefat.

werden Straßburg, Metz, Colmar, Trier, Köln und die lothringischen Städte als Hauptsitze der Häretiker aufgeführt. Während hier Katharer und Waldenser vorherrschen, wird Niederdeutschland, besonders Friesland, Oldenburg, Holstein, von der in den Niederlanden grassirenden montanistischen Richtung angesteckt. Die stedingischen Aufstände erhalten dann selbst von Sachsen, Westphalen und Hessen aus Zuzug, zumal durch den hohen und höchsten Adel dieser Länder[12]). Nach Ostdeutschland bringt dagegen der Manichäismus direkt durch die Donauländer vor, und hat auf diesem näheren Wege denn auch weniger von dem orientalisch heißblütigen Charakter seiner Heimath verloren. Im 13. und noch im 14. Jahrhundert werden in Böhmen und Oesterreich die Luciferner und Adamiten, die wildesten Schößlinge des Katharerthums, nach Tausenden gezählt.

Es giebt einen Begriff von der Verbreitung dieser häretischen Konventikel, wenn das Chron. Hirsaug. berichtet, daß die Reiseprediger der Manichäer die Rheinstraße berab, ja selbst den ganzen Weg zwischen Antwerpen und Rom wandern konnten, ohne auch nur eine einzige Nacht bei einem Ungläubigen herbergen zu müssen, wenn in der einzigen Stadt Trier 3 Schulen entdeckt werden und die Diöcese Passau deren 41 enthält[13]). Dennoch aber hat ein kompetenter Richter — Rainer Sacchoni — nicht sie, sondern die Waldenser für die stärkste der häretischen Parteien erklärt, welche letztere sich freilich sorgfältiger der Oeffentlichkeit entzogen.

Wenn dennoch die römische Kirche durch diese zahlreiche Opposition nicht noch ganz andere Erschütterungen erfuhr, so liegt das zumeist an der Zerfahrenheit des Sektenwesens, die sie zu keiner einheitlichen Aktion kommen ließ, nicht aber an ihrer numerischen Schwäche. Die Zeitgenossen haben davon auch die ganz richtige Einsicht. So heißt es z. B. im Frigedank:

> Swie vil der ketzer lebene si,
> Ir keiner stat dem andern bi,
> Geloubtens alle gliche,
> Si twungen elliu riche. —
> Suln ketzer, juden, heiden,
> Von gote sin gescheiden,

---

[12]) Füßlin 1, 177.
[13]) Vergl. auch den Ketzerkatalog bei Gieseler III, 596.

So hat der tiuvel daz groezer her
Eze si daz uns gnade ernêr.

Dennoch war man überrascht, als man bei Gelegenheit der ersten Inquisitionen den ganzen Umfang der Gefahr kennen lernte. Ein Schrei des Entsetzens ging durch die deutsche Kirche, als sie fühlte, wie ihr der Boden unter den Füßen wankte. Man schlage nur die Chroniken jener und der folgenden Zeit für die Jahre 1225-35 nach, um sich von dem Eindruck zu überzeugen, den der zu Tage tretende Zustand der Dinge auf diese geistlichen Scribenten machte [14]).

Allein dabei hatte es natürlich nicht sein Bewenden. Schon im Jahre 1179 hatten die Väter des Lateran-Concils die Toreostrasie für ein vorzügliches Medicament zur Heilung der Seele erklärt und 5 Jahre später hat Lucius III. zu Verona es den Bischöfen zur Pflicht gemacht, jedes Jahr zwei bis drei Mal eine Inquisitions-Commission nach jedem Ort ihres Sprengels abzusenden, die entweder die angesehensten Bürger oder auch die ganze Bevölkerung eidlich darüber vernehmen solle, ob Ketzer im Dorfe seien oder nicht. Die Verdächtigen aber sollten, wenn sie sich von der Anklage nicht reinigen

---

[14]) Hist. Novientens. Monast: Eo namque tempore tot haereses pullularunt, ut in villis et civitatibus infiniti hujusmodi labe infecti invenirentur. Richer. Senoniens: Haeretici, quibus universa terra jam prope occupata erat. Godefr. Mon. annales: Miranda res et nimium stupenda, quod his temporibus ignis contra genus mortalium inaluit. Chron. Erf.: Innumerabiles haeretici sunt examinati et combusti Alberici Chron.: Per Alemanniam facta est tanta haer. combustio, quod non possit numero comprehendi. Lambert. Schaffnab Chron.: In Alemannia perfida haeresis, quae ibidem occulte pullulaverat........ Trithemius: Multos denique innumerabiles.... Rufach. Chron.: Ez waren aber so vil heimliker verkehrer und ungläubiger lute in vil ländern, dörffern und stätten, di das Volk in unglauben brachten. etc. Dazu denn noch die Klagen der Päbste. Gregor IX. ad Henricum: Vox in Roma audita est, ploratus multus et ululatus, Rahel plorat, videlicet pia mater ecclesia, filios, quos diabolus mactat, — effusum est in terra jecur nostrum, turbata est anima nostra valde, ac impletus est doloribus venter noster. Defecerunt prae lacrimis oculi nostri....

könnten, unnachsichtlich nach Maßgabe des kanonischen Rechtes gestraft werden[15]).

Allein diese bischöfliche Inquisition ward schnell durch außerordentliche Gerichtshöfe zur Seite geschoben, da es in der päbstlichen Politik lag, möglichst viele Functionen von der bischöflichen Gewalt loszulösen und möglichst viele Gesellschaften von ihr zu erimiren. Schon 1205 hatten in Frankreich die Legaten allein die Leitung dieser Angelegenheit in Händen und 1210 concessionirte Innozenz die Predigermönche als Inquisitionsgesellschaft für Deutschland; die Bischöfe waren aber keineswegs sehr aufgelegt ein Geschäft mit großem Eifer zu betreiben, bei dem ihnen die Beihilfe beliebiger Mönche und arroganter Legaten aufgenöthigt war. Sie legten vielmehr sowohl in Frankreich als Deutschland den Tribunalen nach Kräften Schwierigkeiten in den Weg, und kümmerten sich auch sonst nicht viel um ein Feld, auf dem man sie mediatisirt hatte[16]). Zwar auf dem 4. Lateran-Concil sah sich Innozenz III. den Bischöfen gegenüber in der Lage, die Bestimmungen der veronesischen Synode einfach wiederholen zu müssen und somit den Bischöfen diese Funktion zurückzugeben, allein in der That blieb nach wie vor der päbstliche Legat und die neugestiftete Predigergesellschaft das einzige Inquisitions-Tribunal. Daher erklärt sich denn auch der Widerstand, den manche Bischöfe und die meisten freien Städte der Aufnahme der Dominikaner entgegensetzten, und der ganze spätere Verlauf der deutschen Inquisitionsgeschichte[17]).

Die Ursprünge der ersten Predigercongregation sind bekannt. 1208 bestätigte sie Innozenz III. als eine freie Vereinigung zu asketischem Leben und zur Ketzerbekehrung. Noch unlängst hatte er sich mit den deutschen Ketzerangelegenheiten befaßt, indem er vergebliche Versuche gemacht hatte, die Waldenser zu Metz in Güte von ihren antiklerikalen Tendenzen zurückzubringen und endlich dennoch

---

[15]) Mansi XVI. p. 476.
[16]) Ripoll bullar. ord. praed. tom. I, 66. Mansi XXIII, 358. Acta Conc. Narbonensis.
[17]) Confer Ann. Wormatienses ad annum 1221. Noch im 15. Jahrhundert war die Frage der Competenz in Ketzersachen durchaus unklar. Vergl. darüber die Verhandlungen über den Jean Petit'schen Prozeß auf dem Concil zu Konstanz.

den weltlichen Arm wider sie hatte aufrufen müssen. Jetzt fand sich Gelegenheit gerade nach jener verrufenen Gegend eine Abtheilung des neuen Bundes abzuordnen. Im Jahr 1209 nämlich kam in Begleitung Otto IV., der die Kaiserkrone begehrte und erhielt, eine der Kurie angenehme Persönlichkeit, der Bischof von Straßburg, Heinrich von Vehringen, nach Rom; ein gutmüthiger und schwacher Mann[18]). Ihm wurden einige Brüder der neuen Genossenschaft als Inquisitoren für seinen Sprengel zugetheilt. Dies waren die ersten, sagt ein Straßburger Chronist[19]), so in Deutschland kamen, „es ward ihnen h. Heilmans Capel geben im Finkewiller und ein wohnhuß dazu bawen, damit sy do ihr wohnung haben kunnten; do fiengen sy ahn, etliche jungen in ihren orden inzunemen, damit der orden ausgebreit wurde und die ketzer allenthalben gedempt wurden; man gab ihn vil stüren und große hilff, das sich fast uff 100 erhalten kunnten, den B. Heinrich von Strosburg solchs dem Pabst, auch S. Dominico hatte zugesagt, ihren Orden zu pflanzen." Von nun an sehen wir 20 Jahre lang bald hier, bald dort den Qualm der Scheiterhaufen zum Himmel aufsteigen. Zum ersten Mal 1212, wo die fremden Gäste nach kurzem Proceß 80 Waldenser verbrennen.

---

[18]) Monasteria in suo episcopio sita satis humane et sine magna gravamine protexit. Chron. Arg. ad ann. 1223.
[19]) Specklin, siehe über ihn: Schmidt, die Sekten zu Straßburg im Mittelalter. Jlgen's Zeitschr. 1840.

II. Der Ketzermeister.

Bei diesem ersten Unternehmen der fremden Inquisitoren wirkte auch schon der deutsche Mönch mit, an dessen verrufenen Namen sich die weiteren Schicksale des neuen Institutes knüpfen. Es ist das Konrad von Marburg, der mit seiner Persönlichkeit so mächtig eingriff in diese Entwicklungen, daß wir die Geschichte der Inquisition in Deutschland nicht erzählen können, ohne uns zuvor mit ihm genauer bekannt gemacht zu haben. Es läßt sich nicht mehr ermitteln, ob er zusammen mit den Predigerbrüdern nach Straßburg gekommen ist, oder sich dort erst an sie anschloß, aber das scheint gewiß zu sein, daß er bei jenem ersten Processe (1212) bereits eine hervorragende Stellung unter ihnen einnahm[20]). Ueber seine Herkunft ist nichts

---

[20]) Diese Annahme stützt sich allerdings zunächst nur auf die Angaben des Trithemius: Anno praenotato (1214) sexto die mensis Martii cometes dicta visa est. Et eodem anno frater Conradus de Marpurg, ordinis fratrum praedicatorum s. Dominici, missus a papa Innocentio praedicare et hereticos inquirere ex Albigensium faecibus pullulantes apud Teutones primum coepit et per annos fere viginti continuavit . . . ad ann. 1215. Nam in civitate Argent. hoc anno non minus octoginta numero comprehensi sunt, quos memoratus frater judicio ferri candentis examinare, contra prohibitionem canonis, publice consuevit et in quos ferrum adussit, mox ingnibus tradidit. Hier ist nun allerdings der Vorgang von 1212 in's Jahr 15 verlegt. Bei der Art wie Tritensheim zu componiren pflegt, ist es gar nicht unmöglich, daß er das nur gethan hat, um Konrad mit jenem Kometen in mystische Verbindung zu bringen und seine Erzählung dadurch um so interessanter zu machen. Vielleicht hat es aber auch mit seinem Irrthum diese Bewandtniß: Die Annales Argent. tragen das Ereigniß von 1212 beim Jahre 1215 in ziemlich unklarer Weise nach (ad ann. 1215. Ante tempora hujus concilii fere triennio etc.). Der flüchtige Kompilator, der die straßburger Annalen benützte, übersah nun wahrscheinlich dieses ante hoc tempus und verlegte die ganze Szene in's

bekannt. Die Früheren waren der Ansicht, er habe sich nach seiner Vaterstadt de Marpurg genannt. So bezeichnet ihn Theodoricus[21]) als Conradus de oppido Marburg und das Chron. Hirsaug. nennt Marburg sein solum natale. J. H. Schminke, hessischer Hofrath und Bibliothekar um 1740, hat in einer der Kassel'schen Bibliothek angehörigen trefflichen ungedruckten Arbeit [22]), zuerst

Jahr 15. Deßhalb braucht aber seine Nachricht von Konrad's Theilnahme an den Ereignissen zu Straßburg noch lange nicht geradezu von ihm erfunden zu sein. Zumal ältere Zeugen indirekt dasselbe beweisen. Schon Theodoricus de Ap. III, c. 11 bezeugt, daß noch Innozenz es gewesen, der Konrad von Marburg zum Kreuzprediger installirt habe, mit welcher Funktion die andere der Ketzerverfolgung damals verbunden war. Caesarius von Heisterbach aber, Konrab's Freund und Schützling, erzählt liber III., c. 17 bei jener Ketzerverbrennung zu Straßburg sei ein Wunder vorgefallen, das ihm Magister Konrad also erzählt habe: Einer der durch das ferrum candens überwiesenen Ketzer habe beim Gang nach dem Scheiterhaufen sich noch bekehrt und Gott angerufen, alsbald seien ihm seine verbrannten Finger wunderbar geheilt und mit Rücksicht auf dieses Gottesurtheil habe man ihn in Frieden entlassen. Als derselbe aber nach Hause gekommen, habe ihn seine ketzerische Frau sogleich wieder zum Unglauben verleitet und nun sei nicht nur seine Hand, sondern auch die der Frau vom Brand ergriffen worden, also daß beide vor Schmerzen fast wahnsinnig sich unter das Volk gestürzt hätten. Der Scheiterhaufen habe noch gebrannt und man habe sie nun Beide ergriffen, und in die Flammen geworfen. — Es ist das nach Form und Inhalt ganz eine Geschichte, wie sie Konrad zu erzählen liebte und wie er sie in seinem Bericht über die Wunder der heil. Elisabeth dutzendweise auftischt, so daß wir an der Aechtheit ihres Ursprungs nicht zu zweifeln brauchen. Dann ist aber auch einleuchtend, daß kein Grund vorhanden ist, in Tritenheim's Nachrichten einen Zweifel zu setzen, wie das zuerst von dem Jesuiten Gretherus in den Prolegom. script. Antiwald. Cap. V. geschah, aber lediglich um Konrad von der Theilnahme an den Straßburger Thaten weiß zu brennen. Das Schweigen mancher gleichzeitigen Aufzeichnungen scheint mir keinen Beweis zu bilden, da Konrad damals noch unbekannt war, und nur die neue Predigergesellschaft als solche und noch nicht die Einzelnen Gegenstand des allgemeinen Interesses sein konnten.

[21]) Vita S. Elis. lib. VIII.
[22]) Joh. Herm. Schminke's Leben Mag. Conr. von Marburg. Ms. Hass 4°. 136. Der Hauptinhalt ist übrigens in Rommel's Hess. Landesgesch. übergegangen. Bd. 1, Buch 3. Beschrieben ist dieselbe in Henke's eben erschienenem Konrad von Marburg.

die Ansicht aufgestellt, Konrad gehöre einer zahlreichen adeligen Familie von Marburg an, in der der Name Konrad gewöhnlich war und die erst am Ende des 14. Jahrhunderts ausgestorben ist. Ein Werner von Marburg ist am thüringischen Hof Capellan gewesen und dieser soll die Berufung Konrad's nach der Wartburg vermittelt haben. Es ist das an sich eben so gleichgültig, als die andere Frage, ob der Magister Mönch oder Weltpriester, Dominikaner oder Franziskaner gewesen sei. Da dieser müßige Streit aber mit so großer Wichtigkeit ist geführt worden[23]), so möchten wir unser Votum in dieser Sache dahin abgeben, daß Konrad Glied des Predigerkonvents zu Straßburg gewesen sein muß und in dieser freieren Stellung eines Spiritualen geblieben zu sein scheint, während die in Straßburg verbleibenden Brüder sich bald in einen geschlossenen Mönchsorden mit strenger Regel umwandelten[24]).

[23]) Estor bei Kuchenb. III, 72: Nondum me poenituit sigillatim me statuisse Couradum Dominicae familiae membrum fuisse etc.

[24]) Daß Konrad Weltpriester gewesen sei, wollen Rommel und Montalembert hauptsächlich damit erweisen, daß Cäsar von Heisterb. und Theodor von Apolda berichten, er sei zufrieden gewesen mit einem humili clericali habitu. Allein das paßt gerade für ein Glied jenes Predigerkonvents, da das erste Beispiel, daß die Predigerbrüder Ordenstracht annehmen, erst 1219 im Kloster der heiligen Sabina zu Rom vorkömmt, während sie in Straßburg bis zum Jahr 1224 die einfache Tracht der regulirten Domherrn trugen. Außerdem wird er vom Papste in einem amtlichen Schreiben und von gleichzeitigen Chronisten ausdrücklich frater genannt. Gregor IX. commissor ad. Sifr. bei Würdtwein 6, 24. Godefr. Pantaleon, Ann. Wormat, Argentin. etc. Daß er Franziskaner gewesen sei, wird lediglich von Richerius Senoniensis bezeugt, aber diesem Gewährsmann ist die h. Elisabeth die Frau eines „quidam nobilis de Marporch citra Rhenum," auf ihn sollte also füglich nicht rekurrirt werden. Die Stellen in den Ann. Worm. und Ann St. Rudberti Salisburg. beweisen grammatisch nichts, am meisten Schein hätte noch eine andere in dem Bericht der Wunderkommission Henke pag. 54. Was man über die Beziehungen Konrads zu den Franziskanern sagt, das beschränkt sich darauf, daß er allerdings d. h. Elisabeth nicht abhalten konnte Tertiarierin zu werden, wohl aber verhinderte den Franziskanern ihr Vermögen zu testiren. Ep. examin. Kuchenb. IX., 107. Henke wurde zu dieser Annahme offenbar nur durch die Wahrnehmung gedrängt (pag. 43), daß einerseits Konrad zwar frater genannt wird, aber andererseits dennoch eine so freie Stellung einnimmt, wie sie höchstens in der

Die Frage nach dem persönlichen Charakter Konrad's hat für den Historiker wenig Bedeutung, wo der öffentliche Charakter so klar vor Augen steht. Doch scheinen sich beide vollständig zu decken. Selbst ein Verehrer seiner öffentlichen Wirksamkeit, Theodorich von Apolda, hat seine Persönlichkeit wenig angenehm gefunden: Erat idem Conradus, sagt er, sicut omnes novimus, homo rigidus et austerus, unde a multis timebatur. Indessen in Straßburg scheint er bald Einfluß und eine gewisse Berühmtheit erlangt zu haben. Wundern darf uns das nicht, da wir von anderen Gelegenheiten her wissen, mit welchen Lokalkenntnissen ausgerüstet die fremden Mönche nach Deutschland zu kommen pflegten[25]), so daß der Eingeborene

---

britten Ordnung der Franziskaner de poenitentia möglich war. Allein noch besser entspricht seine ganze Stellung den Verhältnissen der Predigerkongregation, die Dominikus zusammengebracht und die auch in Straßburg außer der Verpflichtung auf die freiere Augustinerregel noch keinerlei Mönchszwang unterworfen war. Als dann später der Konvent Mönchstracht und Klosterregel über sich nahm, war Konrad längst diesen Verhältnissen entrückt, und konnte als päpstlicher Bevollmächtigter in Kreuzzugs- und Inquisitionsangelegenheiten und als oberster Kirchenpatron für Thüringen keine Neigung in sich fühlen, in Verhältnisse einzutreten, die seiner Wirksamkeit lästige Schranken auferlegt haben würden. Daß er aber dennoch in intimen Beziehungen mit dem Orden blieb, das beweist die enge Verbindung mit Toro und andern Straßburger Dominikanern. Entscheidend aber ist, daß ihn der Papst in seinen Schreiben meist 'praedicator oder gar frater Conradus praedicator (Würdtw. 6, 24) nennt, und auch in dem ihm gewidmeten Nachruf offenbar auf seine Beziehungen zu den Dominikanern anspielt: cujus dominici canis lingua majori latratu terruit lupos graves? Ripoll. bullar. ord. pr. 1, 63. Das Symbol jener ersten Predigerbrüder war ja aber gerade der Hund des Herrn mit der Fackel im Maule. Daß Konrad sich selbst stets mit seinem academischen Titel Magister nannte und in einer freieren Stellung und ohne Ordenstracht lebte, das mag schon die gleichzeitigen Nachrichten schwankend gemacht haben und hat einen Streit hervorgerufen, der mit merkwürdiger Ausdauer nun 300 Jahre lang ist fortgeführt worden.

[25]) Vgl. z. B. was Wadding Annales minorum I, 345 von den ersten Franziskanern berichtet, die nach Deutschland kamen. Sie kannten die Sprache nicht, antworteten aber, als jemand sie fragte: „ob sie Herberge verlangten?" der erhaltenen Weisung gemäß: ja! Höchst erfreut über die hierauf erfolgende günstige Aufnahme, meinten sie

unter einer solchen Umgebung schnell in den Vordergrund treten mußte. Gewiß ist, er wurde schon 1215 durch Papst Innozenz III. zum Legaten in Kreuzzugsangelegenheiten befördert, und entwickelte als solcher eine vielseitige Thätigkeit[26]). Es war in demselben Jahr, in welchem Friedrich II. bei der Krönung zu Aachen zum ersten Mal jenen langverschobenen Kreuzzug gelobte. Sein Krieg mit Otto IV. bot gleich Gelegenheit ihn zu vertagen, und bald nachher, als der große Innozenz gestorben war, stellten die päpstlichen Bevollmächtigten ihre Thätigkeit in dieser Angelegenheit selbst ein. Nur Konrad und der Bischof von Halberstadt[27]) suchten auch jetzt noch die Agitation im Gang zu erhalten.

Mit der Eroberung von Damiette (1220) nahm sie dann einen neuen Aufschwung, denn in Folge derselben sendete Honorius III. seinen Poenitentiar Konrad, Scholastikus von Mainz, nach Deutschland, damit er gemeinsam mit Magister Konrad von Marburg die Kreuz-

jenes Zauberwort sei überall zu gebrauchen und antworteten auf die Frage „ob sie Ketzer seien" ebenfalls: ja! Da bekamen sie sehr viele Schläge, alle flohen nach Italien zurück, und lange glaubte man, wer nach dem rauhen Deutschland wandern müsse, gehe dem Märtyrerthum unfehlbar entgegen.

[26]) Vgl. das Chron. S. Petrinum Erfurtense bei Menken tom. III. pag. 242: Exinde D. Papa Innocentius missis per universam ecclesiam literis constituit praedicari, Mag. Conrado de Marpurg in hoc negotio, (expeditionis cruciatae in Saracenas) Teutoniam committendo. Vermuthlich fand die Ernennung im Jahr 1215 statt, für welches mehrere päpstl. Kreuzzugsdekrete im Bullarium (ed Rom. Tom I p. 42 sq.) stehen. Doch scheint dieses Mandat zunächst nur einen provisorischen Charakter gehabt zu haben, da in einer Urkunde über eine Klosterstiftung, bei der Konrad als Vermittler auftritt, die vom selben Jahre datirt, derselbe als Conradus Magister, tunc temporis sanctae crucis legatus aufgeführt wird. Kuchenb. Coll. IV. 350.

[27]) Ad an. 1222: Jam tepescere coeperunt praedicatores itineris Hierosolymitani propter mortem Innocentii III. Papae: sane episcopus Halberstadtensis et Magister Conradus de Marburg adhuc insistebant huic negotio. Dieser Bischof von Halberstadt, nachmals Abt von Celle, wurde zeitweise mit Konrad zu gleichen Geschäften gebraucht. Würdtwein. Nova. Subs. 3, 55. Hildeshemensis zu lesen für Halberstadtensis ist unrichtig, da der bekannte Freund Konrad's erst im Jahre 21 Bischof ward.

und Ketzerangelegenheiten betreibe. Derselbe rückte im folgenden Jahr zum Bischof von Hildesheim vor und als solcher ist er mit Konrad in der gleichen Beschäftigung bis an's Ende treulich zusammengestanden[28]).

In diesen Angelegenheiten pflegte Magister Konrad auf einem kleinen Maulthier durch das Land zu reiten [29]) und mit seiner plebejischen Beredtsamkeit bald hier, bald dort das Volk zum Kreuzzug zu entflammen[30]). Oft zogen ihm die Leute ganze Tage lang

---

[28]) Die Sendung des Scholastikus Konrad nach Deutschland findet sich bei Raynald XIII. p. 280. Herr Höfler „glaubt (Anzg. d. bayer. Akademie 1845, p. 566) Böhmer und sonstigen Gelehrten diejenigen Aufschlüsse nicht vorenthalten zu dürfen, welche er durch frühere Forschungen zu ertheilen im Stande ist." Diese „Aufschlüsse" bestehen nämlich darin, daß er Konrad von Hildesheim mit Konrad von Marburg verwechselt und die Briefe an den Poenitentiar auf den Magister bezieht!! Konrad B. von Hildesheim war ein Herr von Reisenberg aus der Wetterau, lehrte in Paris, ward Scholaster zu Mainz und Dekan zu Speier; kam in Geschäften in Rom, wurde er von Honorius III. zum Poenitentiar und Kreuzprediger ernannt. 1221 wurde er Bischof. (Vergl. Schannat. Vind. 1, 197 folg.) Er betheiligte sich nun bei den Konrad'schen Excessen und predigte das Kreuz gegen dessen Mörder. Später ging er zur kaiserlichen Partei über, interdicirte auf Friedrich's Wunsch die Lombarden, war nachher Anhänger Heinrich VII., resignirte und starb im Kloster Schönau bei Heidelberg. (Vgl. Chron. epp. Hild. ap. Pertz 9, 860.) Höfler hat seine Verwechslung auch in das Kirchenlexikon v. Wetzer übertragen, von wo sie sich in Herzog's Encyklopädie weiter fortpflanzte. Significant ist in jenem Artikel Höfler's Citat aus Godefr. Coloniensis für die Art ultramontaner Rektificirung der Geschichte. Godefr. sagt ad ann. 1232: propter veras haereses et propter fictas multi nobiles..... supplicio sunt addicti. Höfler, der Konrad rechtfertigen möchte, citirt die Stelle: infinitus numerus hominum — propter veras haereses — perierunt; und das propter falsas läßt er einfach weg!

[29]) Caes. de Heisterb.: Parvissimo subvectus mulo, totam paene circivit praedicando Alemanniam, quem innumerabiles populorum turbae utriusque sexus ex diversis provinciis sequebantur, verbis doctrinae illecti, et magnis indulgentiis, quas in singulis faciebat stationibus attracti.

[30]) Ein Muster derselben ist sein infamer Bericht über die Stedinger, dem dennoch eine gewisse brutale, handgreifliche Beredtsamkeit nicht kann abgesprochen werden.

nach, um ihn noch einmal hören zu können³¹), und meistens war das freie Feld der Ort, wo er seine Bühne aufschlug³²). Er ward der Abgott des abergläubischen Pöbels und emporgetragen von der päpstlichen Partei³³). Indessen scheint es doch auch an Opposition gegen den Unfug der Kreuzprediger nicht ganz gefehlt zu haben. Wenigstens die Chronisten klagen vielfach darüber, daß der Ablaß, der nicht blos denen zu Gut kam, die das Kreuz nahmen³⁴), sondern selbst für das Anhören von Konrad's Predigten ertheilt

---

³¹) Daß ihm das Volk vom Rhein durch Hessen bis Thüringen nachgelaufen sei, erzählt Gerstenberger, Hess. Chron. 1225.
³²) Geht aus seiner epist. examinator. mir. El. hervor.
³³) Gesta trev. Arch. Cap. CIV, p 317. Iste Conradus, qui in multis praedicationibus et maxime de cruce signatis famosus auctoritatem sibi comparaverat in populis.
   Joh. Rothe. Chron. thur.: Ez was in den geziten undir den andiren bischofis, eptin und prister, dy das kreuze von dez pabistis wegin alzo wit alzo dy heilige kristenheid waz, predigtin, daz man obir meer mit dem kaiser zeihen sollde, und Jherusalem gewynnen, daz de hebischer und wolgelartir pfaffe, meister Conrad von Marburg, der mid syner predigte unde lar in dutzschin landen luchte als der morginsterne vor andern pfaffin; im volgetin beide pfaffin unde laien, unde er waz eyn sucher der ketzer, unde eyn beschermer dez gloubin.
³⁴) Was das aber für Subjekte waren, darüber vergleiche man einen saubern Erlaß von Konrad's Helfeshelfer, dem Bischof von Hildesheim, der einen Kreuzfahrer der Wildthätigkeit der Gläubigen mit folgenden Worten empfiehlt: Notum sit omnibus fid..... quod praesentium bajulum signo s. Cr. signavimus pro omnibus delictis suis. — Sex viros interfecit; spoliis interfuit; predonibus a pueritia se miscuit; ecclesias depredatus est: sorori suae accubuit, quae per ipsum puerum unum peperit. Er wird nun als Kreuzfahrer recipirt und die Gläubigen aufgefordert: Pro tali spe et confidencia ipsum omnibus Chr. fid. committimus et in remissionem ... injungimus, quatinus pro posse vestro eleemosinam vestram hilari animo tribuatis, quatinus participes omnium orationum et laborum ejus esse mereamini. Dafür werden 20 Tage Ablaß in Aussicht gestellt und außerdem der fromme Kreuzfahrer mit kirchlichem Schutz bedacht. (Conf. Parerga Goetting. 1738, p. 34.) Auch Konrad erhielt ausdrücklich zu Werbungen solchen Gesindels den Auftrag. Vgl. die Note Gregor's an ihn. Ripoll. 1, 52.

wurde[35]), zu jedem Unfug, ja zu Verbrechen und Schandthaten Veranlassung warb[36]). Auch sonst waren die frommen Demagogen mißliebig geworden, sammt ihrer Sache. Der Papst klagt, daß man die Kreuzfahrer besteuere und verfolge, weil sie sich durch Uebernahme des Gelübdes ihren gewöhnlichen Verpflichtungen entzögen. Ueberall mußte man den verschwundenen Eifer durch Zwang, die fehlende Begeisterung durch künstliche Mittel ersetzen. So wollten die Geistlichen nicht für das Morgenland steuern, wiewohl der Beitrag eines Zwanzigstel dem Papst gering genug schien und derselbe endlich zu Kirchenstrafen schritt[37]). Zumal aber waren am Kaiser auch die schönsten Predigten verloren, denn er zeigte wenig Lust, sich durch die Deklamationen der Mönche den Gang seiner Politik verrücken zu lassen. Ihn störte es auch nicht, als die Nachricht kam, daß Damiette wieder gefallen sei (August 1221). So kam die Angelegenheit Jahre

---

[35]) Kuchenb. Coll. III, 73 und Ep. examin. ibid. Coll. IX.

[36]) Der Abt von Ursperg scheint darauf zu zielen, wenn er zum Jahr 1221, in dem gerade die Sache besonders schwunghaft betrieben wurde, bemerkt: Tunc quidam Johannes nomine de ordine predicatorum, veniens de Argentinensi civitate instabat predicatione opportune et importune, ita ut hominum vitia et peccata quasi opportune exprobraret, et ad capiendas animas quaedam dogmata hactenus inaudita ingereret, quae licet aliqua ratione possent defendi, ut veritatem contineant, multa tamen mala inde pervenisse dinoscuntur, cum audientes alio modo intellexerunt, et ad derpetrandum immanissima flagitia proniores effecti sunt. Inter quae D. Engelbertus, Coloniensis Archiepiscopus a consanguineis suis interfectus est, et multi sacerdotes trucidati. Dicebant enim quidam pessimi, faciam scelera, quia per susceptionem crucis innoxius ero, quin etiam animos multorum flagitiorum liberabo. Unde factum est, ut multi pessimi sine poenitentia et satisfactione mortui, qui fuerant sepultura asinina in campis sepulti, ecclesiasticam acciperent sepulturam. (Vgl. auch Aventin VII.) Namentlich bitter sprechen sich die ann. Argent. und Godefr. Col. ad ann. 1212 über die Beförderung der Kinder-Kreuzzüge aus, zumal selbst nach dem unglücklichen Ausgang der ersten, die Kurie dennoch nur diejenigen der Kleinen ihres Gelübdes entband, die die Unterscheidungsjahre noch nicht erreicht hatten.

[37]) Reg. Hon. III. II, 925, 933, 937. III. u. IV. passim.

lang nicht über das Stadium der diplomatischen Unterhandlungen, Kommissionsberathungen und Synodalbesprechungen hinaus.

Wie Konrad in dieser Sache einer der Bevollmächtigten der Kurie war, so auch in andern nicht unwichtigen Angelegenheiten. Seine Betheiligung bei der Gründung des Klosters Hayna haben wir schon erwähnt; überhaupt scheint er im Auftrag des Papstes öfters als Schiedsrichter aufgetreten zu sein. So erhielt er durch päpstlichen Erlaß vom 9. März 1219 den Auftrag, die Streitigkeiten des Klosters Nihemburg mit dem Herzog von Sachsen und Heinrich, Graf von Askanien, zu schlichten [38]). Namentlich aber wurde er Vertrauensmann Gregor IX., der gleich im ersten Jahre seines Pontificats in höchst schmeichelhafter Weise gewisse von den Landgrafen von Thüringen ihm übertragene Patronatsrechte bestätigte [39]) und ihn seinerseits beauftragte: „ut presbyteros et alios in sacris ordinibus constitutos, concubinas tenentes in partibus Teutoniae corrigat [40]),“ und in einem Umschreiben auch die Bischöfe von dieser Ernennung in Kenntniß setzte. Seitdem nannte sich Konrad: monasteriorum in Alemannia visitator [41]).

Was Konrad bei dieser öffentlichen Wirksamkeit zumeist den erforderlichen Rückhalt verlieh, das war seine Stellung zum thüringischen Hof. Hier lernen wir den Mann auch nach seiner persönlichen Art kennen, und da es sich doch der Mühe verlohnt, die Koryphäen der päpstlichen Partei näher zu besehen, so mögen auch diese Verhältnisse hier ausführlicher dargelegt werden. Wenn wir zudem

---

[38]) Würdtwein, Nova subs. III. p. 56. Beide Fürsten hatten im Streit mit dem Kloster über Feld, Wiesen und Wald bis dahin alle angesetzten Termine versäumt und in Benachtheiligung des Gegners fortgefahren, so daß die Klosterleute nach sechsjährigen Plackereien sich an Papst Honorius III. wandten, der nun den ehemaligen Bischof von Halberstadt und Konrad von Marburg zu Schiedsrichtern ernannte, mit der Weisung, die beiden Fürsten mit Ercommunikation zu bedrohen, falls sie wiederum sich nicht stellen oder dem Spruche den Gehorsam versagen sollten. Nur Appellation an den päpstlichen Stuhl sollte gestattet sein, aber alsdann die strittigen Objecte interessen von den Schiedsrichtern in Verwaltung genommen werden.

[39]) Münch. gel. Anzeig. No. 200, beschrieben von Höfler.

[40]) Ibid.

[41]) Retter, Heff. Nachrichten, II. 45.

die Frage nicht umgehen können, was der Inquisitor unter Ketzerei
verstand, so werden wir zuvor sehen müssen: was verstand der Beicht-
vater unter Frömmigkeit?

In Thüringen regierte damals Ludwig IV., genannt der Heilige,
ein wackerer Soldat, aber dennoch allzu gutmüthig und bestimmbar
namentlich in geistlichen Dingen; wie denn seine Munifizenz gegen
Klöster und Kirchen keine Gränzen kannte. Er war vermählt mit
Elisabeth der Heiligen, des König Andreas von Ungarn Tochter,
deren Frömmigkeit fast eben so sehr Mitleid als Bewunderung verdient.
Sie steht uns heute vor Augen, wie so manches Heiligenbild alt-
deutscher Schule, an dem wir die Sinnigkeit, den guten Willen, das
tiefe Gefühl einer naiven Auffassung bewundern, die es aber dennoch
nur zu unrichtigen Linien, zu verrenkten Gliedern, zu gewundenen
ungesunden Stellungen gebracht hat. Und doch ist eine Welt voll
Religion in diesen Gestalten, die sie freilich nur unter schmerzvollen
Krümmungen auszugebären vermochten. Außer der allgemeinen Richtung
der Zeit kam bei Elisabeth dann hinzu, daß sie früh schon aus den
natürlichen Verhältnissen herausgerissen wurde und in unnatürliche
hineingestoßen, um jene Disposition krankhafter Schwärmerei zu be-
gründen, um deretwillen man sie heilig sprach. Im 3. Jahre ihres
Lebens ward sie Braut, im 4. aus der Heimath und dem Elternhause
weggebracht nach der Wartburg, schon als Kind bedrängt von einer
dieser Heirath abgeneigten Umgebung [42]), im 13. Jahre verheirathet,
im 15. Mutter, im 21. Wittwe, — das allein wäre genug, ein
Leben aus den natürlichen Fugen zu rücken, auch ohne daß ein roher
Mönch es darauf anlegte, dasselbe für die Heiligenglorie zuzuschulen.
Wir wissen nicht, was ihn auf die Wartburg führte [43]), aber er
gewann einen mächtigen und unheilvollen Einfluß daselbst.

---

[42]) In einer goldenen Wiege hatte der Schenk von Vergila sie auf die
Wartburg geführt. Ueber ihre weiteren Schicksale vgl. Joh. Rothe:
Ez warin etzliche in des forstin hofe, dy ere mildin unde sy
undirwillin vorlachtin, un ritin vele man sollde sy erme vatir
wedir beym sendin, dez Landgrafin muthir, dy riet ouch, man
sollde sy in eyn klostir gebin etc.

[43]) Nach Schmincke die Verwandtschaft mit Werner von Marburg, nach
der Legende von Sant Elsebetenn, Strassb. 1517 (Passional) p. 58,
die Empfehlung des Papstes, allein Konrad selbst im ep. exam.

Er hatte die beiden verheiratheten Kinder bald vollständig von
sich abhängig gemacht. Dem jungen Landgrafen pflegte er vorzustellen,
wie es eine minder schwere Sünde sei, 60 Menschen mit eigener
Hand zu tödten, als einen untauglichen Priester anzustellen; so daß
dieser in seiner Seelenangst alle seine Patronats- und Collaturrechte
ihm übertrug[44]). Natürlich wurde dadurch Konrad bei damaligen
Verhältnissen eine der wichtigsten Personen in Thüringen, zumal auch
des Landgrafen Brüder, Heinrich Raspe und Konrad sich diesem Ab=
kommen anschlossen[45]).

Sein Kollege am Hof, der Franziskaner Berthold, scheint
wenig Freude an Konrad's Schalten und Walten gehabt zu haben,
denn er beschließt seinen Bericht über denselben, trotz aller Lobsprüche
für den damals längst ermordeten Magister, mit den nachdenklichen
Worten: Wer kann nun wissen nach dem Spruch des weisen Salomo,
ob er würdig sei der Freundschaft oder des Hasses Gottes? Alle

---

min. ad dom. Pap. bezieht die päpstliche Vermittelung lediglich auf die
Vormunts=Stellung bei der Wittwe Elisabeth: „marito defuncto
dum vestra paternitas eam mibi duxisset committendam." Von
der früheren Zeit dagegen sagt er: duobus annis antequam mihi
commendaretur. Winkelmann erzählt, Ludwig habe den Magister
1221 in Marburg kennen lernen; ich habe den Nachweis nicht auf=
treiben können. Nach einer Stelle aus Spedlin bei Schmitt l. c.
war Elisabeth in Straßburg, „als die predigermonch noch in ihrer
kluse wahren" und schenkte denselben zwei Bauplätze. Vielleicht ist
die Bekanntschaft damals angeknüpft worden; die Sache ist gleich=
gültig. Spedlin datirt diesen Besuch 1218; sicher unrichtig, denn
1218 war Elisabeth 11 Jahre alt und weder in der Lage, solche
Reisen, noch solche Geschenke zu machen. Einige Jahre später mag
sie dagewesen sein und Konrad vielleicht gleich eingeladen haben.

[44]) Joh. Rothe. Chron. thur. Den (Kurt) hatte Landgrave Ludwig
also in grossin eren unt merdigkete yn damite das er alle syne
lehin, die er zu lehin hatte, von syner wegin vorleich unde das war
stete unde gantz gehaltin und hatte darubir die Briefe zu gebin
under Lantgrave Ludwigis syner Brudir Heinrichis unde Konrabis
ingeseglin, dann er hatte yn gesagit, das sy grossir sunde darin teten,
eynen unvorstendigin pfaffin eyne kerchin oder eynen alter legin, dann
ab sy in eime strite sufczig abir sechzig mensche mit iren eigen
henden todslugen.

[45]) Anonymus de Landgrav. Thur. ad ann. 1233.

Dinge auf dieser Erde werden behalten zu dem zukünftigen Leben, da sollen sie erkannt werden.

Als im Jahr 1227 die Agitation für das heilige Land wieder begann, da war es wohl Konrad's nächste Pflicht, seinen Herrn zum Kreuzzug zu bestimmen. Der eben gewählte Papst Gregor IX. sendete einen neuen Legaten, Kardinal Konrad von Urach, in dieser Angelegenheit, der indessen wenig Anklang fand. Dem Magister gelang es besser. Ludwig nahm das Kreuz, entbot seine Vasallen und brach mit einem ansehnlichen Gefolge thüringischer Ritter nach Italien auf. Sein Kaplan Berthold — vielleicht mochte er das Nichtssagende seiner Stellung auf der Wartburg empfinden — zog mit und hat nachmals die letzten Schicksale seines Herrn in dessen Biographie beschrieben. Auch Werner von Marburg war unter dem Gefolge. Zu Reinhardsbrunn verabschiedete sich der Landgraf von Mönchen und Rittern, ermahnte noch die zurückbleibenden Vasallen zum Frieden und empfahl sein Land und Weib Heinrich Raspe zu Schutz und Aufsicht; die kleinen Schulkinder von Reinhardsbrunn hob er noch auf seinen Arm und küßte sie, dann reiste er ab, von seinem Weib und den Verwandten noch bis Schmalkalden begleitet. Er kam nicht sehr weit. Die furchtbare Hitze des hohen Sommers erzeugte in Italien unter dem zusammengelaufenen, schlecht verpflegten Heere furchtbare Krankheiten. Zu Otranto ward auch Ludwig von einem bösartigen Fieber hinweggerafft. Als der Kaiser dann selbst krank vom Kreuzzug abstand, heckten die Mönche den Unsinn aus, der Landgraf sei von ihm vergiftet worden, da er damit einen unbequemen Fürsprecher des Unternehmens habe beseitigen wollen.

Elisabeth kam nun ganz in Konrad's Hand und wurde von demselben auf des Papstes Gebot nach Marburg verbracht[16]). Wie das so kam, ist nicht klar zu machen; daß Verfolgungen ihrer Verwandten auf der Wartburg sie dazu genöthigt hätten, gehört zu den legendenhaften Ausschmückungen ihrer Leiden. Geschichtlich läßt sich's nicht erweisen. Sie hatte freilich schon längst keinen andern Willen mehr als den seinen. Schon bei Lebzeiten ihres Gemahls hatte Konrad sie unerhört tyrannisirt. Durch die stets wach gehaltene Furcht, er könne sie verlassen und ihre Seele dem Verderben der

---

[16]) Ep examin. l. c.

Welt und des Teufels übergeben, war sie vollständig von ihm abhängig geworden. Weil sie, ob fürstlichen Besuches, eine Predigt versäumt, müssen ihre Gespielinnen — usque ad camisiam spoliatae — sich geißeln lassen, an der Tafel darf sie nur essen, wovon der Magister erklärt, es hafte kein Unrecht daran, oft nur einfaches Brod und Wasser; er schreibt ihr vor, wie wenig und wie viel Almosen sie geben dürfe, läßt sie des Nachts aufstehen und beten und nimmt ihr das Gelübde ewiger Keuschheit ab für den Fall, daß sie Wittwe würde, während ihr Gemahl noch lebte. Das Alles war aber nur ein Vorspiel zu den asketischen Uebungen, die er in Marburg mit ihr vornahm. Zur Wohnung erhielt sie hier ein elendes Häuschen „von Leymen und Holze," zu Genossen die unangenehmsten Persönlichkeiten, die dem Magister zu Gebote standen, ihre alte Bedienung ward von ihr entfernt und selbst ihre Kinder ihr genommen. Sie mußte sich den niedrigsten Dienstleistungen unterziehen und die albernsten Vorschriften erfüllen, denn das gehört noch zum Geringsten, daß sie zwei Jahre lang ihren Leib nicht waschen durfte, um des Fleisches Hoffarth zu dämpfen. Er gesteht es selbst zu, daß er sie zur Heiligen habe ausbilden wollen. „Ego autem videns, eam velle proficere, omnem superfluam ei amputans familiam, tribus personis eam esse volui contentum .... virgine religiosa valde despicabili et quadam nobili vidua, surda et valde austera; ut per ancillam humilitas ei argumentaretur et per viduam austeram ad patientiam excitaretur[47]." Sein eigener Umgang, dünkt uns, wäre dazu vollständig hinreichend gewesen. Wegen Versäumniß einer Predigt oder anderer Kleinigkeiten mißhandelte er sie oft so, daß sie Visionen bekam, und als sie einst wieder zu sich kommend erzählte, sie habe sich im dritten Himmel befunden, antwortete er: „so mus es mich ymer rewen, das ych sy nit schlug bis in den nüunbten chor." Zuweilen scheint er nur nach Gelegenheit gesucht zu haben, die Unglückliche geißeln zu können. So bat sie einst um Erlaubniß, ein Kloster betreten zu dürfen, und erhielt die Antwort, sie möge gehen, wenn sie Lust habe. Als sie dann aber zurückkam mit ihrer Begleiterin, die übrigens das Kloster gar nicht betreten hatte, befahl er: ut ancilla prosterneret se cum beata Elizabeth, et praecepit fratri Gerardo, ut bene

---

[47]) Ep. exam. Kuchenb. IX, 112.

verberaret eas cum quadam virga grossa et satis longa. Interim autem M. Conradus Miserere mei domine decantabat. Et dixit praefata Irmengardis, quod post tres hebdomadas habuit vestigia verberum et amplius beata Elizabetha, quia acrius fuit verberata⁴⁸).“ Dabei gehört es zu seinen besondern Neigungen, ihr die Werke der Barmherzigkeit sobald zu untersagen, sobald er merkt, daß sie in denselben innere Befriedigung und Freude findet⁴⁹). Sie

---

⁴⁸) Dicta IV. ancill. sub Irmeng. Diese Art von asketischen Uebungen ging doch auch über das Maß dessen hinaus, was die damalige Zeit für schicklich hielt. Aehnliche Excesse der Franziskaner, die dabei aber noch sonstigen abscheulichen Unfug trieben, hatten gerade in jenen Tagen (anno 1230) das Mißtrauen gegen die Bettelmönche geweckt (Raumer III. 625.). Die hervorragendsten Männer des thüringischen Hofes und Elisabeth's beste Freunde machten sie auf die bösen Gerüchte aufmerksam, die über ihr Verhältniß zu Konrad im Umlauf waren. Sie konnte dieselben freilich leicht niederschlagen: „wanne die lute sprachen, sie trug eyn kint bi bruder kunrate irme bichtenvatere, biz vant man allez lugene, wan sie wisete iren guten vrunden daz her si dicke striche, daz ir rucke blutete." Heidelb. Leg. St. El. Ms. pag. 174. Die mildeste Version hat noch der autor rhytmicus. Menken II, 2084:
>Nu wolten die groben, böse leute
>All Ding uf das böste deuten.
>Sy sprachen, das ist Meister Konrat,
>Dy frowen Elisabet entfurt hat;
>Das dieweil ir herre ist gestorben,
>So hat er das gut ir erworben.
>Das wollen sy mit einander verzeren,
>Wer mag ihnen das erweren?

⁴⁹) Darin allein verdient Konrad's Vormundschaft einiges Lob, daß er sein Beichtkind von manchen großen Extravaganzen zurückbrachte, in die sie sich aus frommem Eifer stürzte. Aber neben dieser kühlen Verständigkeit erscheint dann die grausame Behandlung doppelt widerlich. So berichtet er an den Papst: quum virginem leprosam me nesciente assumpsit procurandam, quo percepto (parcat mihi dominus), quod verebar eam inici, gravissime eam castigavi. (Ebenso mochte er immerhin der Almosen-Verschwendung Elisabeths Zügel anlegen, nur aber nicht mit der bekannten großen Ruthe. In Geldangelegenheiten scheint der Magister überhaupt einen ganz gesunden Verstand gehabt zu haben. Er verhinderte sein Pflegkind, sich ihres Einkommens zu Gunsten des Franziskaner-Ordens zu

wird geschlagen, wenn sie Almosen gibt, geschlagen, wenn sie Kranke
pflegt, geschlagen, wenn sie zur Kirche geht und auch geschlagen,
wenn sie wegbleibt. Solche Behandlung, verbunden mit einer auf-
reibenden Askese, befördert natürlich ihre Visionen und zehrt ihre
Lebenskraft auf [59]).

Im November 1231 wurde Konrad krank und bildete sich
ein, er würde sterben müssen. Sie aber sagte ihm, er solle mit

---

entschlagen und verwendete ihr Leibgeding auf die Erbauung des
Elisabethen-Hospitals zu Marburg, das unter der Aufsicht eines
eigenen Kapellans und verschiedener Geistlichen stand, auf Elisabethens
Gesuch vom Papst Gregor IX. Ablaßbeneficien für reumüthige Be-
sucher enthielt (Netter, Heff. Nachrichten 2, 41) und übrigens Gegenstand langjähriger Processe war, die Konrad mit großem Geschick
abwickelte. Elisabeth hatte dasselbe nämlich mit dem unbekümmerten
Gemüth einer Heiligen gebaut, ohne zu überlegen, daß Grund und
Boden nicht ihr sei. Um einen Rückhalt zu haben, übertrug Konrad
das Spital den deutschen Rittern. Außerdem erwirkte er vom Papst
im Jahr 32 eine Bulle, worin er ermächtigt wurde, die molestatores
des Spitals per censuram ecclesiasticam postposita appellatione
compescere (Ripoll. 4. 2.). Richtsdestoweniger reklamirten nach dem
Tod der Landgräfin die beiden Schwäger die Stiftung als ihr
Eigenthum, da sie „nach eynes oder andern thörichten rath" auf
ihren Boden gebaut sei. Da indessen der eine dieser Herren, Landgraf Konrad, bald darauf selbst zur päpstlichen Partei überging und
in den deutschen Orden eintrat, so blieb der Streit ohne Folgen.
Später aber erhoben die Johanniter, kraft ihres allgemeinen Spital-
amtes, Ansprüche auf die Stiftung. Es wurden päpstl. Kommissarien
ernannt, die aber zurücktraten, als die Johanniter Konrad von
Marburg zum Schiedsrichter begehrten, von dem sie bessere Bedingungen zu erlangen hofften. Derselbe entschied aber: Ego, Mag.
Conradus de M., Verbi d. praedicator, Monasteriorum Al. visitator . . . . . . Hospitale d. Francisci ab instantia fratrum Hosp.
S. Johannis per definitivam sententiam absolvi, perpetuum ipsis
silentium super praemissis indicendo (Netter, Heff. Nachr. 11, 44).
Hierauf erfolgte im Jahr 34 die förmliche Schenkung des Hospitals
von Seiten der thüring. Landgrafen an den deutschen Orden.

[59]) Quaedam et quidam Religiosi, schreibt Konrad an den Papst,
frequentius viderunt faciem ejus mirabiliter fulgentem et quasi
solis radios ex oculis ejus procedentes. Si vero, quod factum
est saepius per aliquot horas, in excessum mentis raperetur, de
nullo vel de modico cibo postea diutissime reficiebatur.

seinem Klagen aufhören, das Sterben sei an ihr und nicht an ihm. 4 Tage darauf fiel sie wirklich in eine gefährliche Krankheit. Sie legte ihre Beichte ab, wußte aber, wie der Magister berichtet, nichts zu bekennen, als was sie schon oftmals bekannt hatte. Sie starb am 19. November im vierundzwanzigsten Jahre ihres Lebens.

Allerdings hatte Konrad das Ziel seiner Arbeit erreicht. Sie galt schon jetzt für eine Heilige. Als sie ausgestellt wurde mit ihrem grauen Gewande angethan, das Angesicht mit Tüchern verhüllt, strömte das Volk von weither zusammen. Alle schnitten und rissen sich kleine Stückchen von ihren Kleidern und als von diesen durch die leichenschändende Pietät nichts mehr übrig war, schnitt man ihr Haare und Nägel ab. Eine Frau aber, die auch dazu zu spät kam, verstümmelte ihr die Ohren und die Letzten schnitten sich selbst die obersten Theile der Brüste herunter, um sie als Reliquien aufzubewahren[51]).

Sie ward in der Kapelle ihres Spitals beigesetzt und gleich nach ihrer Beisetzung geschahen auf diesem Grabe Zeichen und Wunder. Niemand war glücklicher als Konrad, dessen erste Sorge war, die officielle Heiligsprechung seines Beichtkindes herbeizuführen.

Kaum hatte sie die Augen geschlossen, als er auch schon anfing, besondere Zeichen göttlicher Gnade an ihr wahrzunehmen. Es fiel ihm auf, „daß der Körper sehr gut roch," daß die Glieder geschmeidig und biegsam blieben und das Antlitz ohne Todesflecken. Den Tag nach ihrem Begräbniß meldete sich denn auch ein Cistercienser-Mönch, der berichtete, es sei bis jetzt nicht ganz richtig mit ihm gewesen, allein durch ein Wunder der Heiligen sei er in voriger Nacht wieder zu Verstand gekommen. Da er seine Aussage beschwor, beeilte sich Konrad, bei dem Erzbischof eine amtliche Konstatirung dieser Wunder zu verlangen. Aber siehe, die Ehre der Initiative war ihm schon entgangen. Denn bereits war diesem würdigen Prälaten, wie er an Konrad zurückschrieb, in „deutlicher Offenbarung" eingegeben worden, auf dem Grab der Heiligen zwei Altäre zu weihen. Das geschah denn auch am Laurentiustage (10. Aug.) 1232.

Vor großer Volksmenge hielt hier Konrad die Gedächtnißrede und wiederum ward ihm eingegeben, durch ein Verhör die geschehenen

---

[51]) Dicta IV. anc., p. 2032 bei Menken.

Wunder in Erfahrung zu bringen. So forderte er denn Jedermann auf, der von ihnen zu erzählen wisse, am folgenden Tage sich einzufinden. Hier wurde nun ein Bericht zusammengestoppelt, der ganz den Charakter eines leichtfertig zusammengerafften Protokolls trägt und zum Schluß auch die naive Entschuldigung beifügt, Zeugenunterschriften habe man nicht beifügen können, „quia propter pressuram populi coram nobis non poterant produci." Ja so eilig hatte man es mit der Abfertigung dieses Aktenstückes, daß man selbst die nöthigen Siegel zu den Unterschriften vergaß. Aber als ob man selbst gefühlt hätte, daß auf Grund einer solchen Untersuchung eine Kanonisation doch kaum erfolgen könne, gab man dem Papst an die Hand, es würde dieselbe heilsam sein: ad confutandum haereticorum pravitatem. Zudem scheint Konrad noch in einem Privatschreiben den Papst in dieser Angelegenheit begrüßt zu haben[52]).

Die päpstliche Antwort bestand in drei Aktenstücken[53]). In dem ersten officiellen wird mit schwülstigen Bildern die auf's Neue offenbar gewordene Gnade Gottes gepriesen, aber wo es sich um die Kanonisation handelt, da biegt es plötzlich ab und meint: omne rutilum nomen auri non impetrat, nec ebur quodlibet, niveum imitatur, nos decet ... festinos in certis et lentos in dubiis inveniri. Deßhalb wird dreien von den letzten Berichterstattern, insbesondere Konrad aufgetragen, eine neue Untersuchung anzustellen und zwar: cauta diligentia et sollicitudine vigilanti, wobei denn noch ein leiser aber deutlicher Tadel über die Formlosigkeit des letzten Berichtes einfließt.

Das zweite Schreiben (v. 3. Oct.) enthält wesentlich dasselbe; dagegen das dritte eine beleidigend genaue Informirung über Zulassung von Zeugen und die Form des Verhörs, die nicht gerade viel Zutrauen zu den Fähigkeiten der Untersuchungskommission verräth.

In Folge solcher Anweisung kam denn jener bekannte Bericht Konrad's über die Wunder der hl. Elisabeth zu Stande, in welchem der Magister mehr seiner eigenen interessirten Leichtgläubigkeit, als der

---

[52]) Da sich der Papst in seiner Antwort speciell an ihn wendet. Dieser erste Bericht ist jetzt gedruckt bei Henke, nach einer Abschrift in Schminke's Manuscripten.

[53]) Würdtw. Nova subs. VI. p. 24.

Heiligen ein Denkmal gesetzt hat. Zunächst rechtfertigt er beiläufig die jüngst begangenen Formfehler mit Geschäftsüberhäufung des Erzbischofs und der Sorglosigkeit der Prälaten, die ihre Petschaften vergessen hätten. Aber der neue Bericht wird zur schlimmsten Verurtheilung des früheren — denn sei es, daß man sich damals in der Eilfertigkeit auch nicht ein Mal eine Abschrift des eingesandten Aktenstücks zurückbehalten, sei es, daß man ohne jede Nachfrage zu Protokoll genommen, was von irgend Unbekannten aus der Menge zugetragen wurde, kurz man war nicht im Stande, sich auf die damals berichteten Wunder zurückzubesinnen. Nicht nur daß die Zahl der Wunder in dem neuen Bericht von 58 auf 34 heruntergesunken ist, sondern es werden überhaupt nur 5 von den früher gemeldeten wieder aufgezählt und diese mit andern Zeugen. (Es sind die bei Kuchenb. IX, auf pag. 133, 122, 125, 137, 119 erzählten.) Selbst hiebei ist aus einer Heilung von Blindheit Heilung von Augenschwäche geworden. Dagegen statt der 53 wieder vergessenen oder aus welchen Gründen immer beseitigten, ist der Magister in der Lage, mit 29 neuen dienen zu können, obwohl sich darunter nur 5 Todtenerweckungen befinden, während es vor zwei Monaten schon 6 waren.

Kein Wunder, daß auch diese Untersuchung vom Papst — wie es scheint — kassirt wurde und eine dritte freilich wieder ihm aufgetragen ward, die aber wegen seines Todes, nicht mehr an die Adresse gelangte [54]).

Was nun den Inhalt dieses Berichtes angeht, so mag ihn Konrad immerhin im Ganzen in gutem Glauben verfaßt haben. Wenigstens ist er darin gewissenhaft, daß er aus dem Leben der Landgräfin keine anderen Wunder berichtet, als Wunder der Geduld an ihm selbst bewiesen, oder Dinge wie die, daß sie oft beklagt, nicht jungfräulich leben zu können, daß sie die Wartburg zum Spital und sich zur

---

[54]) Die Ep. examin. ist nämlich sehr bald nach dem ersten Bericht ausgearbeitet. Dies erhellt aus der Stelle: Unde nuper in die Laurentii etc. (Kuchenb. 108). Am dies Laurentii war ja aber der erste Bericht aufgesetzt worden. Da nun nach Konrad's Tod der Papst am 11. Oct. 1234 anfragt, ob der Bericht Konrad's und des Erzbischofs ihm übermittelt werden könne, und nicht wohl anzunehmen ist, daß man die Ep. Examin. zwei Jahre nach ihrer Beendigung noch nicht abgesendet hatte, so muß hier wohl von einer dritten Untersuchung die Rede sein.

Diakonissin von Thüringen gemacht habe. Daß sie dann ohne seine Beistimmung ein Franziskanergelübde über sich genommen und mit genauer Noth von ihm verhindert worden sei, auch ihr Wittum jenem Orden zu verschreiben, und endlich wie sie unter seiner Leitung in Marburg immer mehr zur Heiligen geworden, seine Mißhandlungen voll Demuth ertragen, in Visionen und ekstatischen Zuständen umhergewandelt, ihren Tod vorhergesagt und selig gestorben sei. Daß ihr Leichnam keine Todesspuren getragen und sehr gut gerochen habe. Hiermit aber beginnen denn alsbald die Wunder, in der die verrufene Bettler= und Gaunerschaar des Mittelalters ihre bekannten Rollen gespielt zu haben scheint. Zuerst wird die Versicherung jenes bisher geisteskranken Mönches berichtet, durch ein Wunder der hl. Elisabeth wieder zu Verstand gekommen zu sein. Unzählige Kranke sind hierauf zu ihrem heilkräftigen Grabe geströmt, und Alles wird hier geheilt: Gicht, Lähmung, Rheumatismus, Verkrümmungen, Blindheit, Augenleiden, Schwächezustände, Taubheit, Epilepsie, Tuberkeln, Krebs, Ausschlag, Blutfluß und veraltete Wunden. Die Leidenden verweilen 10 Tage, 3 oder 6 Wochen bei dem heilkräftigen Orte um zu genesen. Aber oft geht's auch schneller. Eine Waldenserin, die einen Polypen an der Nase hatte, kommt auch zum Grab und betet: Domina sancta Elisabeth, libera me ab ista turpitudine nasi mei et ego tuum sepulchrum cum hostiis annuatim visitabo. Oratione vix completa, liberata est in momento, ita quod nec ipsa scire potuit nec alii, quid de ipsa canicula factum fuerit, quae nasum deformavit et materia morbi fuit. Auch die bloße Anrufung der hl. Elisabeth bewirkt Heilung, entweder gleich oder doch — post modicum tempus. Ertrunkene, die man vergeblich auf den Kopf gestellt, werden auf ihre Anrufung hin wieder lebendig, Gestorbene kommen wieder zu sich, die Lahmen gehen, die Blinden werden sehend, die Aussätzigen rein und das Spital zu Marburg unter Konrad's Leitung füllt sich mit Gaben und Weihgeschenken. Beata Elizabetha, betet eine Mutter für ihren gestorbenen Sohn, succurre et fac, quod spiritus ejus redeat intra ipsum et ego de rebus meis, panis, frumenti, thuris, myrrhae, lini, argenti, cerae ad pondus corporis ejus ad tumulum tuum cum ipso puero feram. Et his dictis puer revixit — post modicum tempus. Aber auch Drohungen bleiben nicht ohne Eindruck: Einer Mutter, die sich zehn Tage lang am Grabe mit ihrem buckeligen Kinde vergeblich aufgehalten, riß die Geduld und sie sagte zum Abschied: Omnes avertam homines a visitatione sepulchri tui, quia non exaudivisti me; und siehe auf dem Heimweg fällt ihr Töchterlein in einen heilsamen Schweiß und verliert ihren Buckel. Solchen Bericht stellte Magister Konrad, wie er geheißen war, zusammen: „cauta diligentia et sollicitudine vigilanti per testes idoneos" und schickte ihn ein. Vorsicht scheint seine hervorragende Eigenschaft nicht gewesen zu sein und man wird gestehen, der Verfasser eines solchen Aktenstückes, mußte wunderbar geeigenschaftet sein zum Untersuchungsrichter und Ketzermeister. Der Papst war indessen der Meinung, es habe keine solche Eile mit der Kanonisation der thüringischen Landgräfin. Er kassirte auch diesen Bericht und den dritten hat er entweder nicht erhalten oder verloren. Die Angelegenheit kam in Vergessenheit. Da brachen nun aber die Streitigkeiten mit dem Kaiser auf's Neue aus. Die Kurie fing an jene Beziehungen mit dem thüringischen Hof anzuknüpfen, die durch den Namen Heinrich Raspe eine traurige Berühmtheit erlangt haben. Der jüngste Schwager der Landgräfin konvertirte, zog nach Rom und trat in den deutschen Orden, um nun, ein eifriger Jäger, an der gewaltigen Ketzerjagd Theil zu nehmen[55]). Als er dann später bereits ein hoffnungsvoller

---

[55]) Die Geschichte dieser Konversion ist kürzlich folgende: Konrad hatte als Protektor des Klosters Reinhardsbrunn den Abt bestärkt, dem Erzbischof Sigfried von Mainz gewisse Steuern zu verweigern. Der Abt wird deßhalb zu Exercitien nach Erfurt einberufen und Konrad kommt gerade dazu, wie er halbnackt und heulend seine Ruthenstreiche erhält. Wüthend über diesen Anblick faßt der junge Landgraf den Bischof an der Kehle und hätte ihm ohne Dazwischentreten der Umgebung das Messer in den Leib gestoßen. Kur-Mainz erklärt den Krieg. Konrad belagert Fritzlar, entschließt sich aber zum Abzug. „Do ussin by unschemelen wip uf by murin, unde hoben er kleyder uffe unde spottin dez forstin, unde hingin by bloße erse obit dy zynnen unde sprachin, daz her darin stoße." Da ließ er Halt machen, nahm die Stadt im Sturm und ließ Alles zusammenhauen, was sich zeigte. Die Häuser wurden geplündert, Kirchen und Münster verbrannt. Darauf wurde der Landgraf gebannt und zog sich trotzig auf Schloß Tenneberg bei Gotha zurück. Aber eine Begegnung mit einer in's Elend herabgekommenen Dirne weckte sein Gewissen. Er machte eine Wallfahrt nach Gladenbach bei Marburg und von da nach Rom. Die Absolution erhielt er für das Versprechen in den deutschen Orden einzutreten, dessen ghibellinischem Großmeister ein Gegengewicht gegeben werden sollte. Konrad von Marburg erhielt hierauf den Auftrag, die strittigen Punkte zwischen ihm und dem Erz-

Sohn der Kirche und im Orden Herrmanns von Salza Rival wieder in Rom war, läuft beim Bischof von Hildesheim, dem päpstlichen Vasallen und Konrad's Freund, eine eilfertige Note des Papstes ein, man möge Konrad's Bericht über die Heiligkeit der thüringischen Prinzessin einschicken, oder wenn man ihn nicht „bei der Hand" habe, einen andern per testes eosdem aut alios zusammenzustellen. Wir kennen denselben nicht, aber der Papst muß ihn genügend gefunden haben, da am 1. Juni 1235 die Kanonisation erfolgte.

bischof zu vergleichen und löste dieselben zur Zufriedenheit des Papstes 1233. (Vgl. das päpstliche Bestätigungsschreiben Würdtwein VI, pag. 17.) Von da an hingen die drei Konrade von Hildesheim, Thüringen und Marburg fest zusammen und veranstalteten gemeinsame Ketzerjagden. Im Jahr 34 reiste dann der Landgraf nochmals nach Rom, um die Kanonisirung seiner Schwägerin zu betreiben, die nun bei veränderter Sachlage dem einflußreichen Glied des deutschen Ordens und sächsischen Fürsten nicht abgeschlagen ward. Noch lang sprach man in Rom von dem Bankett, das Konrad bei dieser Gelegenheit gab, bei dem über 300 Mönchlein zu Gaste waren.

III. Das Ketzergericht.

Diese letzten Verhandlungen werden wohl gezeigt haben, wie der Mann beschaffen war, der dazu erlesen ward eine Gerichtsbarkeit auszuüben, bei der es keine Appellation, keinen regulären Zeugenbeweis gab, sondern die allein auf Grund moralischer Ueberzeugung ihre Todesurtheile zu sprechen pflegte. Jener erste Proceß der Predigermönche in Straßburg war der würdige Anfang seiner Thätigkeit[56]).

Bald nach ihrer Ankunft in Straßburg machten sich nämlich die Inquisitoren an ihr Geschäft und obgleich noch mit den Verhältnissen nicht eben bekannt, gelang es ihnen dennoch, auch bei einem nur oberflächlichen Absuchen des Terrains, nicht weniger als fünfhundert Ketzer aufzuspüren. Es waren Leute aus allen Ständen und Geschlechtern; selbst der Adel und Priesterstand war neben Bettlern und Lollbrüdern vertreten. Der Bischof erschrack über die große Zahl und befahl, man solle „erstlichen gemach mit ihnen fahren." Allein bei der Disputation zogen denn die Predigerbrüder gegenüber dem prompten Schriftbeweis der Waldenser durchaus den Kürzeren und sahen sich lediglich auf die Ausflucht zurückgewiesen: Es stehe Niemanden zu, über den Glauben zu streiten, auch ihnen, den Dominikanern nicht; nur der Papst dürfe entscheiden, dem auch die Engel im Himmel nicht widerreden könnten, geschweige die Ketzer. Da diese aber fest blieben, beschloß man schärfere Maßregeln und verkündigte allen den Tod, die ihre Ketzerei nicht abschwören wollten. Da fielen denn doch die Meisten ab, bekannten und widerriefen was man von ihnen verlangte, und sollen auch Schriften von Petrus Waldus ausgeliefert haben. Daß aber unter den Abtrünnigen meist Katharer

---

[56]) Ueber diesen Proceß vgl. den mit Recht berühmt gewordenen Aufsatz von Schmidt in Straßburg. Allg. Zeitschr. 1840, in welchem das Ausführlichere nachzulesen ist. Auch Röhrich, die Gottesfreunde ebend. nach Specklin. Ms. d. Strb. Bibl.

gewesen, die es mit dem Abschwören nicht so streng nahmen, geht aus ihrer Aussage hervor, daß sie ihren Papst in Mailand, andere Obristen in Straßburg und Böhmen hätten, und einigen offenbar manichäischen Lehren, die man nur aus Verwechslung den Waldensern zugeschrieben haben kann[57]). Achtzig von diesen Letzteren beharrten auch jetzt auf ihrer Meinung, darunter „23 Weiber, vil von abel und uff 12 prister." Einer der Letzteren, mit Namen Johannes, war ihr Sprecher. Als die Disputation nicht verfing, machte man den Vorschlag: „wolten sy ihren glauben bewissen, solten sy solchs mit dem gleugenten eissen thun." Trithemius erzählt, daß Konrad der Urheber dieser Maßregel gewesen. Johannes antwortete: „Man sol Gott nit versuchen." „Darauff wardt er verspott; sagten, er fercht er verbrenn die finger," worauf er antwortete: „Ich habe Gottes wortt, darauf beger ich nit die finger, sunder meinen leib lassen zu ver= verbrennen." Dennoch unterwarf man sie nach dem Zeugniß der gleich= zeitigen Chronisten dieser Probe[58]). Hierauf erfolgte benn das Todes= urtheil und sie wurden der weltlichen Obrigkeit übergeben, „solches wohl zu erequiren." „Ihre freundt, schwester, bruder und kinder hielten mit weinen ahn," sie möchten widerrufen, „aber sy mochten nit bewegt werden, also hartt waren sy verstockt." Auf dem Weg nach der Richtstätte wurden ihnen von einem Erker der bischöflichen Pfalz herab noch einmal ihre Ketzereien in einzelnen Sätzen vorgelesen, nicht ohne daß ihr Sprecher gegen Entstellungen protestirte. Den Geweihten wurden nun die Weihen, den Priestern das Chrysam abgewaschen. Alsdann führte man sie nach dem Hochgericht, wo eine große Grube war gegraben worden. Als sie hinabgestiegen waren, wurden sie mit Holz umlegt und zu Asche verbrannt. Die Grube war groß gewesen,

---

[57]) Damit erklärt sich auch die Stelle in der Chronika des Nauclerus ad ann. 1212 und Chron. Alsatia v. Herzog. Siehe Schmidt p. 46.

[58]) Es kann das — wenn die Spedlin'sche Darstellung des Vorher= gehenden, der wir folgen, richtig ist, nur eine Verlegenheitsaktion gewesen sein. Denn da die Waldenser ihrer Sätze geständig waren, so konnte man höchstens mit dem Gottesgericht den Eindruck verwischen wollen, den die Niederlage in der Disputation gemacht hatte. Spedlin erzählt nichts davon, vielleicht eben weil es ihm zu jener Antwort des Johannes nicht stimmte. Die Thatsache ist aber sicher. Vgl. aber Ann. Arg. 1215. Caes. Heisterb. lib. III. 17. Thritemius ad ann. 15 etc.

denn noch im 17. Jahrhundert sah man ihre Spuren, und war der Ort unter dem Namen Ketzergrube bekannt. Die Güter der Hingerichteten wurden zwischen der Obrigkeit und den neuen Inquisitoren getheilt, die obendrein eine neue Kapelle und ein Wohnhaus erhielten zum Lohn für die geleisteten Dienste[59]).

Doch scheinen die Straßburger Bürger über das Verdienst dieses Processes anderer Meinung gewesen zu sein als ihr Bischof. Namentlich das Urtheil durch das glühende Eisen leuchtete dem mutterwitzigen Elsässer wenig ein. Wenigstens hat gerade in jenen Jahren Gottfried von Straßburg in seinem Tristan die Probe mit dem „isen" satyrisch genug beschrieben und kommt zu dem Resultat, daß bei ihr der „viel tugenthafte Krist wintschaffen als ein ermel ist[60])?"

---

[59]) f. oben.
[60]) Daß Gottfried gerade diesen Proceß, den er aber als Straßburger erlebt, vielleicht mit angeschaut hat, bei seiner Erzählung vor Augen hatte, läßt sich nicht behaupten, aber mit seiner Darstellung stimmte es gut genug: St. 15,636 f. f.:

da was vil barune,
pfaffen unde riterschaft,
gemeines volkes michel kraft;
bischove und prelaten,
die daz ambaht taten
unde segenten daz gerihte,
die waren auch in rihte,
mit ir dinge bereit:
daz isen, daz was ihn geleit.
. . . . 15,730.
„Nu nemet daz isen uf die handt;
und als ir uns habet vor benant,
als helf' in got ze dirre not!"
„Amen" sprach diu schone Isot,
in gotes Namen greif siz an,
un trüg ez, daz siz nit verbran.
da wart wol geoffenbaret,
unde al der werlt bewaret,
daz der vil tugenthafte Krist
wintschaffen als ein ermel ist.
. . . . . .
er ist allen herze bereit,
ze durnehle und ze trugeheit!
Ist ez ernest, ist es spil,
Er ist je, sowie man wil.

Die nächsten Jahre scheinen mit Ketzerjagden im Elsaß und Thurgau ausgefüllt worden zu sein⁶¹). Man stieß dabei hauptsächlich auf Manichäer, deren Lehren man stets nur in den frivolsten Konsequenzen berichtet. — In der gleichen Zeit zwischen 12 und 16 werden denn auch am Rhein hin die Expeditionen gegen die Albigenser — ein Zeichen, daß die Predigerbrüder ihre Heimath nicht vergaßen — und die Kinderkreuzzüge angeregt, nicht zum Lobe der deutschen Kleriker. Konrad's Name wird dabei nicht genannt, doch wir notiren den Gang der Angelegenheiten, in deren Kontinuität er stand. Uebrigens scheint er unter der Regierung des milden Honorius zumeist in Kreuzugsgeschäften gebraucht worden zu sein, vielleicht hat auch sein Aufenthalt am thüringischen Hof, an den er 1225 übersiedelte, ihn in ein besonneneres Geleise gelenkt. Wenigstens wird in den Jahren von 16—28 verhältnißmäßig wenig von Ketzerverfolgungen erzählt.

An der in jene Zeit fallenden Hinrichtung des Probstes Minniken, die Konrad v. Hildesheim, sein Freund, vollziehen ließ, ist er übrigens nicht mit betheiligt. Vielmehr beruht die Nachricht der Hist. de Landgrav. Thur. bei Eccard ad ann. 1222 und des Chron. Erford. wie die Urkunden ausweisen, auf einer Verwechslung mit dem Legaten Kardinalbischof Konrad von Porto⁶²).

Doch nahmen die Dinge nach dem Jahr 1228 eine andere Wendung und die Ketzerjagden werden jetzt im größten Umfang betrieben. Daran war nicht das allein schuld, daß der fanatische Gregor IX, aus der Schule des großen Innozenz, aber ohne dessen Mäßigung, den Stuhl Petri bestiegen hatte, sondern es sollte damals die in Abgang gerathene Agitation für die Kreuzzüge durch ein näher

---

⁶¹) Ann. Eremi ad ann. 1216 und Chron. Colm. ad ann. 1215.
⁶²) Ueber diesen übrigens besonders böswillig betriebenen Proceß vgl. die Parerga Göttingensia 1738. Tom I, lib. IV. Minniken hatte sich gesträubt seine Probstei niederzulegen, und wurde nun nach vierjährigem Proceß — nachdem man ihn zuerst nur in ein Kloster seines Ordens hatte schicken wollen — wegen seines fortgesetzten Ungehorsams als Ketzer verbrannt. In den Anklageakten steht der Vorwurf, er habe seine Nonnen wider die Ordensregeln Fleisch essen lassen unvermittelt neben dem andern, er sei ein Manichäer. Ebenso wird ihm Zuchtlosigkeit im Kloster, neben übermäßigem Preis der Virginität vorgeworfen. Extollendo virginitatem videbatur (!) condempnasse matrimonium heißt es im Rescript des Legaten.

liegendes kirchliches Interesse ersetzt werden. Friedrich II. hatte in meisterhafter Taktik mit seinem Kreuzzug dieser ganzen Bewegung eben denjenigen kirchlichen Charakter geraubt, um dessentwillen die Theokratie sie pflegte. Einen herberen Spott auf das ganze Institut konnte man auch kaum ersinnen, als diesen Kreuzzug eines Gebannten, den die Flüche des Papstes nach Palästina geleiteten; der durch freundschaftliche Unterhandlungen mit den Türken Alles das gewann, was Ströme von Blut bis jetzt nicht erreicht hatten. Je unversöhnlicher nun der Papst gegen den Eroberer des heiligen Landes auftrat, um so mehr mußten der Christenheit die Augen darüber aufgehen, daß die Eroberung des heiligen Grabes dem Papste Mittel und nicht Zweck gewesen, daß er sie nur dann billige, wenn daraus Ehre und Einfluß für ihn erwachse. Den Deutschen wenigstens stand das jetzt klar vor Augen, und die Kurie fand für gut das Thema der Kreuzzüge für geraume Zeit nicht mehr zu berühren. Um so energischer warf man sich dagegen auf die Ketzerangelegenheiten, die man doch in der gegen den Kaiser verbündeten Lombardei nie hatte bemerken wollen, um zumal in Deutschland eine kirchliche Emotion zu Stande zu bringen, die den ghibellinischen Ideen den Gegenkrieg machen sollte, da sich die öffentliche Meinung bereits in Spottliedern auf Papst und Klerisey Luft zu machen wagte. Jetzt auf einmal weiß sich Gregor vor Schmerzen über die Häretiker nicht zu fassen: Vox in Roma audita est, ploratus multus et ululatus; Rachel plorat, videlicet pia mater ecclesia, filios, quos diabolus mactat ... Effusum est in terra jecur nostrum, turbata est anima nostra valde ac impletus et doloribus venter noster. So heißt es in einem Schreiben an König Heinrich, des Kaisers Sohn, herzbrechend genug. Aber auch sonst werden diese Angelegenheiten schwunghaft betrieben. Raimund von Pegnaforte erhält den Auftrag alle päpstlichen Dekretalien gegen die Ketzer zusammen zu stellen, auf welche dann der Erzbischof von Trier 1231 nachdrücklich als zur Nachachtung verwiesen wird[63]). Der päpstliche Kardinal setzt auf dem Concil[64]) zu Toulose 1229 eine Reihe von Ketzergesetzen durch, gegen die die barbarischen Erlasse des Lateran-Concils vom 15. und des Kaiser

---

[63]) Conf. Limborch lib. I.
[64]) Hartzheim III. 540.

Friedrich II. von 25 mild zu nennen sind. Jeder der das 14. Jahr überschritten, muß einen Eid ablegen, daß er selbst kein Ketzer sei und von Keinen wisse; wer den Eid oder die vorgeschriebenen Beichten und Abendmahlsbesuche versäumt, ist der Ketzerei verdächtig. Wer verdächtig ist, ist als infam der bürgerlichen Rechte zu berauben und zu interniren. Die sich freiwillig Bekehrenden werden mit besonderen Abzeichen gebrandmarkt in katholische Gegenden verpflanzt, die durch Todesfurcht Bekehrten lebenslang eingesperrt, die Unbekehrten, Nichtgeständigen, Hehler und Schützer verbrannt. Jedes Zeugniß gegen sie ist gültig, Einrede unzulässig, Konfrontation unnöthig und die Denunciation geheim[65]).

Dennoch wußte die Synode von Narbonne (1233) diese Maßregeln noch zu steigern. Sie war aber für Deutschland von keiner Bedeutung mehr. Zu dem Apparat dieser Agitation gehörte es denn auch, daß man überall hin Dominikaner empfahl[66]). Nach Pommern, Spanien, Neapel, Belgien, Minden, Lübeck, Ratzeburg werden sie als Inquisitoren von Fach gesendet[67]) und in der gleichen Zeit wird denn auch Konrad von Marburg mit neuen Ehren und Anfeuerungen überhäuft. Gleich im ersten Jahre seines Pontifikats schickte ihm Gregor ein Belobungsschreiben für seinen Eifer, die Ketzer in Deutschland auszurotten und gestattet ihm nach Gutdünken zu diesem Zwecke bewaffnete Helfer an sich zu ziehen[68]). Er ist damit förmlich zum Inquisitor für ganz Deutschland autorisirt. Die zwei Jahre zuvor von Kaiser Friedrich II. erlassenen Ketzergesetze legten aber dem mit dieser Stellung bekleideten eine furchtbare Vollmacht in die Hände. Den Inquisitoren, und namentlich den Predigerbrüdern wird dort der weltliche Arm unbedingt zur Verfügung gestellt. Wen sie für verdächtig erklären, der soll mit Verbannung und Güterentziehung, die Ketzer selbst aber und ihre Beschützer mit dem Tod bestraft werden. Nachkommen sind bis in's 2. Glied zu bürgerl. Aemtern unfähig, wenn sie nicht selbst einen Ketzer zur Anzeige bringen und überführen. Bei dem Gerichtsverfahren sind sowohl öffentliches Zeugenverhör, als

---

[65]) Mansi XIII. 192.
[66]) Hente p. 49.
[67]) Ripoll, bull. ord. praed. tom. 1.
[68]) Münch. gel. Anz. 1845. No. 200.

Vertheidigung und Appellation ausgeschlossen⁶⁹). Obgleich der so Bevollmächtigte ziemlich zu all' dem autorisirt war, um dessentwillen er später erschlagen ward, so scheinen dennoch die Verfolgungen in den ersten Jahren das Maß dessen nicht überschritten zu haben, woran jene Zeit gewöhnt war, zumal die Erzbischöfe von Mainz und Trier die Sache anfangs doch noch vorwiegend in der Hand behielten. Einen Wendepunkt bildet aber das Jahr 1231, in welchem Erzbischof Theodorich zu Trier eine Synode über die Ketzerangelegenheiten hielt⁷⁰). Die konfusesten Berichte über die Lehren der Häretiker wurden hier vorgetragen; manichäische Thorheiten, wahre und erdichtete Unsittlichkeiten und waldensische Lehren in einen Ketzerkatechismus zusammengeworfen und zum Schluß der Synode drei Unglückliche verbrannt. Darunter eine fanatische Luciferinerin, die in den Flammen noch darüber wehklagte, es sei Satanas Unrecht geschehen, als ihn Gott in die Unterwelt stieß. In Folge eines Berichtes der beiden Erzbischöfe lief denn im gleichen Jahre an Konrad ein neues päpstliches Schreiben ein⁷¹), in welchem er für seinen Eifer für die reine Lehre mit Lobsprüchen überschüttet wird, wie sie selbst der hl. Franziskus oder Dominikus nicht von der Kurie zu hören bekamen. Aber als ob jene maßlosen Gesetze vom Jahre 25 noch nicht den nöthigen Spielraum gewährten, wird Konrad in diesem Erlaß noch ausdrücklich als eine Art geistlicher Diktator von der Einhaltung derselben dispensirt. „Ud igitur ad hujusmodi vulpeculas capiendas, quae tortuosis anfractibus vineam D. Sabaoth demoliri nituntur, insistere liberius valeas, te a cognitionibus causarum habere volumus excusatum, ... coadjutoribus tibi, quos ad hoc videris idoneos undecunque volueris advocatis ad exstirpandam .. haeret. prav. advocato etiam brachio secul. des diligens studium .. in receptatores, fautores et defensores, excommunicationis et in terras eorum interdicti sententias promulgando, et alias contra eos, prout expedire videris procedendo." Nur in Betreff der Reuigen wird auch er auf die Vorschriften der Dekretaliensammlung verwiesen und schließlich zu fernerer Unterstützung den Hörern seiner Kreuzpredigten gegen

---

⁶⁹) Abgedr. bei Limborch p. 48 und in der Constit. Fried. Petr. de Vin. I, 25—27.
⁷⁰) Harth. III. ad ann. 1231.
⁷¹) Bei Kuchenb. III.

die Ketzer für 20 Tage Ablaß, den Theilnehmern an seinen Zügen für drei Jahre und, falls sie dabei ein jähes Ende nehmen, vollständige Absolution ertheilt. Eine solche Gewalt in der Hand zu haben, das war zu viel für den heißblütigen Mönch. Er erscheint von nun an wie machttrunken und kennt keine Mäßigung mehr. Das Verhältniß zu den Erzbischöfen löst sich und die Erlesensten des Straßenpöbels erscheinen in seinem Gefolge. Die Ketzerjagden fingen nämlich jetzt an dem Pöbel Unterhaltung zu gewähren und Taugenichtse schlimmster Sorte veranstalteten solche auf eigene Faust. So am Oberrhein einer der Straßburger Dominikaner, Konrad Tors, mit seinem Spießgesellen Johannes „qui erat luscus et mancus et vere totus nequam"[72]). Sie suchten sich zunächst in der untersten Schichte des Volkes ihre Opfer. Der süße Pöbel aber fand bald Gefallen daran, Menschen brennen zu sehen und leistete ihnen jeden möglichen Beistand, so daß in jedwelcher Stadt, wo der tolle Haufe erschien, die Obrigkeit genöthigt war, alle zu verbrennen, von denen diese Strolche sagten: Isti sunt haeretici, nos deponimus manus ab ipsis. Gern hätte der Klerus Widerstand geleistet, allein die Aufregung der Massen erlaubte es nicht[73]). Um sich aber sicherer zu stellen machten sie mit hohen Herrn und Bischöfen einen Vertrag, wonach die Hälfte der eingezogenen Güter der Ortsobrigkeit gehören, die andere der Kirche zufallen sollte. Die Wormser Annalen wollen wissen, daß selbst König Heinrich denselben bestätigt[74]). „Damit hat ihr schelmenwerk ein großes Ansehen." Als aber immer sichtlicher Unschuldige, um ihres Geldes willen, dem Scheiterhaufen überliefert wurden, trat auch im Volke eine Reaktion ein, die sie mit Terrorismus zu bekämpfen suchten. „Videns hoc populus misertus et timens dixit ad eos: Quare sic proceditis? Et ipsi enormiter respondendo dicebant: Vellemus comburere centum innocentes inter quos esset unus

---

[72]) Vergl. d. Annal. Wormat. Böhmer 2, pag. 175. Nach d. Gesta. Trev. war der einäugige Hans selbst ein Ketzer gewesen.

[73]) Ibid.

[74]) Aehnlich erzählt Specklin. Tors habe eine Schrift bei sich geführt, nach welcher „wo er hin kam, der ketzer gutt halb sein, das ander der oberkeytt" gehören sollte: er führte auch einen jungen „leder" mit sich, der kurzsichtig war und behauptete „er kendte die leutt, so ketzer wehren, am gesicht." Siehe Schmidt.

reus. Tunc tota terra tremuit, et volentes non valebant. Dennoch
sahen sie, daß sie einen neuen Rückhalt brauchten, wenn ihre Rolle
nicht bald ausgespielt sein sollte. Da schlossen sie sich denn an Konrad
von Marburg an, der, obgleich selbst ein „judex sine misericordia,"
doch vom Volke als ein „Prophet" verehrt wurde. Es läßt sich
begreifen, daß dieser nun eher auf ihre Art einging, als sie auf die
seine. Bald hatte er, eben so wie sie, den Auswurf des Pöbels in
seinem Gefolge. Vagabunden der verworfensten Sorte, vagirende
Mönche, ein den Ihren entlaufenes Weibsbild (femina vaga Alaïdis),
arbeitsscheue Strolche wie Tors und sein junger "lecker," das war der
Gerichtshof, der sich in Konrad's Vollmacht theilte und gegen dessen
Verdacht nur sehr gute Trinkgelder sicher stellten[75]). Gefolgt von
diesem Troß durchstreifte er auf seinem kleinen Maulthier reitend
Thüringen und Hessen. Wir kennen von andern Gelegenheiten her
die Art, wie bei solchen Ketzerjagden verfahren wurde. War der Haufe
in einem Ort angekommen, so ward die Einwohnerschaft durch
Sturmläuten zusammengerufen. Der nächste beste Verdächtige wurde
herausgerissen — mochte er angezeigt sein, oder blaß aussehen wie
ein Manichäer, oder unheimliche Augen haben, oder was sonst, er
wurde gefragt, nicht ob er Ketzer sei, das verstand sich schon von
selbst, sondern wann er zum letzten Mal in dem Konventikel gewesen,
wie oft gepredigt würde, an welchen Tagen u. s. w. Fragen, die ihm
noch zudem aus einem Buche vorgelesen wurden, als sei die Untersuchung schon geführt und geschlossen, gleichviel ob er gestehe oder nicht.
Selbst Verirfragen waren gewöhnlich, bei denen der Gefragte antworten
mochte was er wollte, das Gericht wußte stets ein ergo haereticus es
daraus zu folgern und zum Schluß dieses Scheinverhörs hieß denn
meist das furchtbare Urtheil: „Tollite, tollite impium haereticum,
igneque comburendum!"[76]) Die Gefangenen wurden dann in rothen
Röcken und mit Stricken um den Hals, oder eine Fackel in der Hand
oft noch Tage lang mit herumgeschleppt, theils um überall Aufregung
und Schrecken zu erregen, theils um die Hinrichtungen durch die größere
Anzahl der Opfer glänzender zu machen. Konrad soll es ein Mal

---

[15]) Bericht der Bisch. bei Albericus u. Gesta Trevir: Alii monachos
emerunt auro, ut sibi effugiendi modum indicarent.
[16]) Vergl. Gieseler 2, 582. Winkelmann, Gesch. von Hessen l. c.

sogar bis auf 190 gebracht haben[77]). Namentlich die Umgegend von Marburg suchte er heim[78]). Noch trägt dort ein Wässerlein den Namen Ketzerbach zum Andenken an „etliche Priester, Ritter und andere treffliche Leutt", die da verbrannt wurden[79]). Immer summarischer wurde sein Verfahren. Die Erzbischöfe haben darüber selbst nachmals an den Papst berichtet. Am gleichen Tag, an dem einer angeklagt war, wurde er verbrannt[80]). Man hatte nur die Wahl entweder zu gestehen man sei ein Ketzer und wurde dann geschoren und in's Kloster gesteckt, oder man läugnete und wurde verbrannt. Aber mit dem Geständniß für die eigene Person hatte es nicht sein Bewenden. Die furchtbare Alternative kehrte wieder. Der Gefangene sollte Mitschuldige nennen. Nescio quem accusem, dicite mihi nomina, de quibus suspicionem habetis. Cumque proponerentur de comite Saynensi, de comitissa de Loz respondebat illi ita rei sunt ut ego. Der erste Anstoß zu einer solchen Reihe von Processen war aber meist die frivolste Denunciation. Jene Alaïdis hat sich damit berühmt gemacht, daß sie ihre Verwandtschaft durch Konrad verbrennen ließ und sich so zur reichen Erbin machte. Ein gewisser Amfrid wurde später nach Konrad's Tod festgesetzt und gestand, aus derartigen Denunciationen ein Geschäft gemacht zu haben[81]). Indem dann die Opfer in erwähnter Weise sich kooptirten, konnte es natürlich der Inquisition an Geschäften nicht fehlen. Nam ecquis innocens esse poterit, si accusasse sufficiet sagt der Verf. Gesta Trev. Archiep. Die Klügeren schwiegen, denn Widerspruch wurde mit dem Leben bezahlt. Als er mit seiner Horde in Trier einzog und proklamirte, es seien drei Ketzerschulen in der Stadt, da zitterte Alles. „In der Todesfurcht," sagt der gleiche Chronist, „zeigte der Bruder den Bruder, der Knecht den Herrn an, die Gescheutesten aber gaben den Mönchen ein Stück Geld, um keinen Zweifel an ihrer Rechtgläubigkeit aufkommen zu lassen.

---

[77]) Eckhardus script. ord. praed. p. 190.
[78]) Rommel 1, 298 schreibt ihm die Ausrottung von Willesdorf zu, eines Dorfes im Siegen'schen, allein das ist eine Verwechselung mit seinem Genossen, dem Landgrafen Konrad.
[79]) Gerstenberg'sche Chron.
[80]) Godefr. Col.
[81]) Der Bericht der Bischöfe im Chron. Alberici ad ann. 1233.

So schändlich das Alles war, jene kirchliche Bewegung, die die Kurie mit diesen Kreuzzügen in der Nähe hatte hervorrufen wollen, sie war dennoch wirklich zu Stande gekommen. Die geweckte Blutgier, die unheimliche Angst vor einem unsichtbaren Netze von Ketzerei und das Zittern vor der Inquisition wirkte zusammen, eine dumpfe Gährung in der Masse zu erregen. Die abenteuerlichsten Gerüche laufen um; furchtbare Schandthaten, die in den unter= irdischen Gemächern der Häretiker sollen begangen worden sein, werden erzählt und geglaubt. Zu Köln, so wußte man, wurde ein Ketzer in's Feuer geworfen, aber die Flammen konnten ihm nichts anhaben, bis der Priester das Venerabile brachte und ihm entgegenhielt. Nahe bei derselben Stadt über dem Rhein stand in einer Ketzerschule eine furchtbare Bildsäule des Satans, die auf Befragen Orakel ertheilte, als aber ein Mönch kam und das Kruzifix aus dem Busen zog, da stürzte sie mit Krachen zusammen. An einem anderen Orte sollte eine specielle Freundin des Satans („specialis amica") verbrannt werden [82], aber Lucifer trug die schöne Ketzerin unverletzt weg aus den Flammen des Scheiterhaufens und entführte sie durch die Lüfte. Wiederum in Köln war ein Nigromantiker, ein dem Teufel ganz ergebener Mann, der magische Kunststücke verstand. An offener Tafel trieb er Zauberei, nachdem er nur zuvor alle gläubigen Christen mit Hexenmitteln eingeschläfert hatte [83]. Hundert ähnliche Geschichten liefen um im Munde des Volks und beweisen, Konrad's Predigten hatten gewirkt, denn in solchen Schilderungen, ja in schlimmern pflegten sie sich zu ergehen, wie sein Bericht über die Stedinger an den Papst uns zeigt, von dem wir gleich werden zu erzählen haben. Vielleicht war dieser Stedingerkrieg mit eine Ursache, um derentwillen er die Sympathien der Masse verlor, die allerorten auf Seiten der streitbaren Bauern war.

Die Stedinger, ein mannhafter Bauernstamm im Oldenburgischen, waren mit ihren Junkern und Bischöfen in Streit gerathen. Wenn Sonntags die Bauernweiber aus ihren entlegenen Höfen zur Kirche

---

[82]) Bei Alberici ad ann. 1233.

[83]) Dieser hatte überhaupt die Ketzerei in's Land gebracht und eine sehr schlechte Gesellschaft von Geistlichen um sich versammelt, welche zum Theil Dinge von ihm verlangten, die dem Teufel selbst zu arg waren. ibid.

zogen, fielen die Leute des Grafen von Oldenburg über sie her und schleppten sie auf's Schloß[84]). Die Bauern griffen deßhalb zu den Waffen und zerstörten die Burg. Aber auch der Erzbischof von Bremen war ihnen aufsässig: pro suis excessibus et subtractationibus decimarum[85]). Allein auch er erlebte (im Jahr 1229) eine große Niederlage und sein Bundesgenosse, der Graf von Lippe, war in den folgenden Jahren nicht glücklicher. Da erinnerte sich der Erzbischof, daß I. Sam. XV, XIII geschrieben stehe: Nolle obedire scelus est idolatriae. Er beschuldigte sie der Ketzerei. Auch ist nicht unwahrscheinlich, daß von den Niederlanden aus montanistische Schwärmerei, ähnlich wie in Friesland, eingerissen. Kurz der Erzbischof ließ das Kreuz gegen sie predigen. Den Bericht über ihre Häresien an den Papst hat Konrad von Marburg unter Autorisation des Erzbischofs von Mainz und des Bischofs von Hildesheim angefertigt und sie haben sich alle drei mit demselben ein unvergeßliches Denkmal gesetzt. Er berichtet, wie die Stedinger die Hostien in die Latrinen werfen, wie sie Lucifer als den ächten Herrn der Welt in frevenltichem Teufelsdienst verehren. Der Novize dieser Sekte, heißt es in dem Bericht, erblickt, wenn er zum ersten Mal die Loge besucht, zuerst einen großen Frosch. Dieser wird von vornen und hinten geküßt und besonders Andächtige nehmen noch seine Zunge in den Mund. Dieselbe ist bald so groß wie die einer Ente oder Gans, bald so groß wie ein — Ofen[86]). Tritt er weiter vor, so begegnet ihm ein Mensch von wundersam blassem Gesicht mit kohlschwarzen Augen, so mager, daß er nur Haut und Knochen zu sein scheint. Ihn muß der Novize küssen und mit diesem Kuß wird's ihm eiskalt um's Herz, also daß jedes Andenken an die katholische Religion verschwindet. Alsdann wird eine Mahlzeit eingenommen und sobald sie beendigt ist, steigt an einer Bildsäule (des Teufels), wie sie in solchen Schulen zu sein pflegt, ein schwarzer Kater rückwärts herab mit aufwärts gewundenem Schweife. Quem posterioribus primo novitius post Magister deinde per ordinem singuli osculantur, qui tamen dingni sunt et

---

[84]) Chron. Erf. ad ann. 1232.
[85]) Godefr. Monach. ad h. a.
[86]) Ad modum furni, nach Schminke ein hessischer Provinzialismus. Andere lesen sturni.

perfecti. Die imperfecti dagegen fingen dem Kater auf den Knieen liegend ihre Lieder. Et his ita peractis extinguuntur candelae et proceditur ad foedissimum opus luxuriae etc. Alsdann, wenn die Lichter wieder angezündet sind, erscheint der Teufel in eigener Person und zwar diesmal glänzend wie die Sonne. Der Meister der Loge nimmt ein Stück vom Kleid des Novizen und gibt es dem Satan mit den Worten: Magister hoc mihi datum do tibi. Und dieser verschwindet mit der Antwort: Bene mihi servivisti. „Proh dolor" ruft der Papst in seinem Antwortschreiben an den König, indem er den Gläubigen den ganzen Unsinn Wort für Wort wiederholt, proh dolor quis unquam audivit talia? Quis tam nefaria cogitare poterit? ... Ubi zelus Maysi, qui una die idolatrarum viginti tria millia interfecit? Ubi est zelus Phinees qui Judaeum cum Mitianidide uno pugione confodit? Ubi est zelus Eliae, qui quadringentos quinquaginta Prophetas ad torentem Kison gladio interemit? ... An dem letzteren Artikel war in der That kein Mangel; alle Schrecken des Vertilgungskrieges brachen in Folge dieses Breves über das arme Land herein. Aber das muß man billig fragen, was ist entehrender, solche Berichte zu schreiben oder sie entgegen zu nehmen und zu glauben? und das zu einer Zeit, in der Rainer Sacchoni bereits sein ausführliches Werk über die Ketzer geschrieben und verbreitet hatte.

Dem Mann, der den Bericht über die Wunder der hl. Elisabeth gemacht, konnte es freilich nicht schwer fallen, auch solche Dinge für wahr zu halten. Dem päpstlichen Erlaß war aber noch ein besonderes Schreiben für ihn beigegeben, in dem er, unter höchster Anerkennung seiner gesegneten Thätigkeit, aufgefordert wird, ein Kreuzheer zu bilden. Zu diesem Behuf erhält er Vollmacht, denen die sich anschließen wollen die Strafen für Verbrechen jeder Art, selbst Mord und Brandstiftung eingerechnet, nachzusehen, nur in gar zu schreienden Fällen sei es ihm anheimgegeben, seine Rekruten zum Dispens zuerst nach Rom zu schicken[87]). In Folge dieser Aufforderung predigten denn Konrad, die Bischöfe von Hildesheim, Minden, Lübeck und Razeburg das Kreuz gegen das unglückliche Völklein. Wohl kamen einige beutelustige Junker zusammen, auch die gewöhnlichen Kreuzsoldaten strömten herbei, allein

---

[87]) Ripoll, p. 52.

im Ganzen war die Stimmung ungünstig und selbst scharfer Tadel der Legatenwirthschaft fehlte nicht. Sie gebecrdeten sich, sagt ein Geistlicher jener Zeit, wie Rasende, denen man ein Schwert anvertraut und trieben maßlosen Mißbrauch mit der Macht zu binden und zu lösen. Drum mochten auch nur wenige von ihnen das Kreuz annehmen[88]). Erst im Mai 1234 konnte die Haupterpedition unternommen werden; Konrad hat sie nicht mehr erlebt. Wohl aber die vorläufigen Maßnahmen gegen die Appingabamer, Gröninger, Drenther und Fivelgoer, die wegen Theilnahme an den Steding'schen Aufständen mit dem Interdikt belegt wurden. Der furchtbare Bann verfehlte seine Wirkung nicht. Aller Gottesdienst hörte auf, alle Heiligenbilder und Kreuze wurden umgeworfen, keine Glocke ertönte mehr, die Sakramente wurden nicht mehr ausgetheilt, kein Todter in geweihter Erde begraben. Die Brautpaare über den Gräbern eingesegnet. Das Volk vermochte nicht diesen Eindrücken zu widerstehen. Nur die Drenther warteten das Einrücken des Kreuzheers ab, die andern bekehrten sich vorher und mußten sich, groß und klein, nackend auf die Erde werfen und von den Geistlichen oder Inquisitoren geißeln lassen[89]). Wie weit Konrad bei diesen Dingen, die er hauptsächlich mit hatte anregen helfen, persönlich betheiligt war, läßt sich nicht mehr ermitteln. Man nahm wohl an, daß er in Friesland gewesen und die manichäischen Verzweigungen bis nach Leyden verfolgt habe, allein diese Annahme scheint auf einem Mißverständniß einer Stelle des erzbischöflichen Berichtes zu beruhen[90]).

Zuletzt finden wir unsern Helden am Rhein, wo er bis in die Gegend von Mainz gekommen zu sein scheint. Die Chroniken der niederrheinischen Städte wenigstens berichten zum Jahr 1233 seine Thaten, die Ann. Colmar, Argentin und Königshoven, die zu den Jahren 30, 31 und 32 Ketzerverbrennungen notiren, erwähnen hier

---

[88]) Abt Emo in seiner rer. fries. hist. p. 96.
[89]) Emo, ibid.
[90]) Die pauperes Lugdunenses bei Alberic. ad ann. 1233 wurde zuerst von Estor, Prodromus Observ., Buchenb. 1, 154, für armes Volk von Leyden gehalten, von da kam das Mißverständniß zu Rommel u. s. w.

nur noch seinen Tod. Möglich, daß ein ernstlicher Konflikt mit den Erzbischöfen damals eintrat. Wenigstens berichten sie dem Papst, sie hätten vergebliche Versuche gemacht, ihn von seinen Ausschreitungen zurückzubringen. Dazu war es denn freilich zu spät. Machttrunken wie er war, stellte sich in ihm die Neigung ein, seine Opfer nicht mehr sowohl unter dem Pöbel zu suchen, als unter dem Adel und selbst unter den Fürsten des Reichs. — Die Grafen von Henneberg und Solms, eine Gräfin von Loz und Andere mußten ihr fürstlich Haupt als Ketzer scheeren lassen auf Grund ganz frivol erpreßter Denunciationen[91]). Auch den im untern Elsaß und Rheinhessen reich begüterten und mächtigen Grafen Heinrich von Sayn, genannt der Große, lud er vor sein sauberes Tribunal, sintemalen er angeklagt sei, in der Ketzerversammlung auf einem großen Krebse geritten zu haben. Der Graf, der sich durch einen Kreuzzug bei der Geistlichkeit den Beinamen eines vir christianissimus verdient hatte, übrigens ein trotziger und jähzorniger Herr war, hatte Konrad, wie es scheint, seine Burgen, die diesen auf Grund der päpstlichen Vollmacht hätten aufnehmen müssen, verschlossen[92]). Die gräfliche Antwort auf die Ladung muß nicht eben sehr freundlich gelautet haben, da ihm Konrad zurücksagen läßt, er werde „mit seinen alten Vetteln" ihm schon die Schlösser auszuräumen wissen. Doch wunderte man sich in Trier[93]), daß der Graf den Schimpf überhaupt ungerächt hinnahm. Derselbe begab sich nach Mainz, wo der Erzbischof — die Einen meinen auf seine Bitten[94]), Andere vermuthen in Folge der allgemeinen Unordnung, eine Synode versammelt hatte (Juli 33), die eine neue Ketzerordnung berathen sollte. Auch König Heinrich war zugegen und bald erschien auch Konrad mit seinem Troß. Als aber die Sache zur Verhandlung kam und Konrad seine Zeugen vorführte, brachen diese, durch die Gegenwart des Königs sich sicher sehend, in Weinen und Klagen aus und erzählen, nur die Todesangst habe ihnen ihre Aussage gegen den Grafen abgepreßt, da sie sonst sicher dem Scheiterhaufen verfallen

---

[91]) Bericht der Bischöfe.
[92]) Annal. Wormat.
[93]) Gesta Trev.
[94]) Ann. Wormat.

wären⁸⁵). Zugleich erwies der Graf durch unzählige Zeugen seine
korrekte Katholicität und sämmtliche Geistlichen, sämmtliche Bischöfe
stellten sich auf seine Seite. Aber ungebeugt durch den Sturm des
Unwillens, der gegen ihn losbrach, beharrte Konrad auf seiner Anklage, und da diese Frechheit allerdings innerhalb seiner Kompetenz
lag, so konnte die Synode wenig thun. Vergebens bat der Graf,
man möge der Sache ein Ende machen. Der König erhob sich, um
die Verhandlungen zu vertagen⁹⁶). Da stand der Erzbischof von
Trier, ein geborener Graf von Wied, auf und rief: Mein Herr und
König will, daß die Sache vertagt werde, und dann zum Volke sich
wendend: Laßt's euch gesagt sein (Scitote), daß der Graf als guter
Christ von hinnen geht und nichts weniger als überführt! Konrad
freilich fügte knurrend hinzu: Wäre er überführt, so wär's ein ander Ding.

Vergeblich, daß die Erzbischöfe nun auf ihn eindrängten, um
ihn zu Verstand zu bringen; seine Antwort auf die Entscheidung
der Bischöfe und des Königs war die, daß er mit seiner Bande
alsbald ein Kreuzheer zusammen zu treiben versuchte, unter dem
Vorwand, zunächst gegen die auf seine Vorladung nicht Erschienenen
einzuschreiten⁹⁷). Aber die Erzbischöfe faßten diesen Kreuzzug anders
auf. Die Sache wurde bedenklich. Der Graf appellirte seinerseits
an den römischen Stuhl, und man wählte eine Commission der
angesehensten Geistlichen, um den Papst zum Einschreiten zu
bewegen. Der Dekan von Mainz, ein Kanonikus von Worms,
andere von Speyer und Straßburg, wurden dazu ernannt und reisten
alsbald ab. Konrad von Hildesheim dagegen blieb seinem Kollegen
treu und suchte gleichfalls ein Kreuzheer zusammenzubringen. Die
Aufregung erreichte auf beiden Seiten eine gefährliche Höhe, so daß
König Heinrich glaubte, Konrad freies Geleit anbieten zu müssen,
das dieser aber hochmüthig ablehnte⁹⁸). Doch fand er für gut, sich
seiner Heimath zuzuwenden.

---

⁹⁵) Gesta Trev.
⁹⁶) Ann. Worm. und Gesta Trev.
⁹⁷) Angabe des Chron. Erph.
⁹⁸) Da die Gesta Trev. eine von Trithemius vorgezogene Variante
haben, die statt spreto regis conductu, sumto lesen, vermuthet Luden,
Konrad sei von den Geleitsleuten selbst niedergehauen worden.

Da auf dem Wege nach Marburg war es, am Löhnberg, als er die Stadt beinahe erreicht hatte, da wurde er von einigen Rittern von Dörnbach, Schweinsberg, Herborn und Andern [99]) überfallen und, während er kläglich um sein Leben bat, zusammengehauen. Ein sonst geachteter Franziskaner, Bruder Gerhard Lützelkolb, fiel mit ihm. Die Zahl der übrigen Erschlagenen wird verschieden angegeben [100]). Die Mönche hoben seinen Leichnam auf und trugen ihn nach Marburg, wo er neben dem unglücklichsten seiner Opfer, neben der h. Elisabeth, beigesetzt ward. Auf dem Ort, wo er den Tod fand, hat man nachmals eine Kapelle errichtet [101]).

Damit war die Angelegenheit aber mit nichten zu Ende. Der Bischof von Hildesheim fuhr fort, durch ganz Thüringen und Sachsen das Volk zu einem Kreuzzug zu sammeln, Tors eilte im Auftrag der Straßburger Colonie alsbald nach Rom [102]).

Dort hatte indessen jene frühere Deputation dem Papst Bericht erstattet und die Schreiben des Königs und der Erzbischöfe übergeben [103]). Der Papst soll derselben nur darüber Vorwürfe gemacht haben, solchen Unfug so lang geduldet zu haben. Das sei sein Wille nicht und er kassire hiemit das ganze Verfahren [104]). Da erschien Tors und meldete die Ermordung des theuern Magister, und nun erfolgte bei Gregor wieder einer jener Wuthausbrüche, bei deren

---

[99]) Nach Einigen wären es Verwandte der unschuldig Geschändeten gewesen, nach Andern jene nicht Erschienenen, gegen die er predigte, „wo man sie betrete, so solle man sie tod slaen." Joh. Rothe. Die Schenken von Schw. hatte er dadurch gereizt, daß er ihnen ein eigen Weib weggenommen und verbrannt hatte.

[100]) Alberich, 2 Franziskauer. Rothe, 12 Priester und fromme Laien.

[101]) Schminke l. c.

[102]) Chron. Erph.

[103]) Ann. Wormat.

[104]) Von hier an sind die Wormser Berichte von der Tendenz des klerikalen Schreibers entstellt, den Papst als auf der Seite der regulären Geistlichkeit darzustellen; die Akten weisen aus, daß im Gegentheil die Darstellung der Erfurter Chronik die richtige ist. Dennoch läßt auch der Wormser Chronist den Papst sagen: Ecce Alemanni semper erant furiosi, et ideo nunc habebant judices furiosos. In Wahrheit ging es so glatt nicht ab.

einem er einst so ganz zur unrechten Stunde den Kaiser gebannt hatte, und die in seiner Regierung eine so große Rolle spielen. Er zerriß den bereits geschriebenen Erlaß und schickte sich an, die Gesandten ohne die üblichen Beneficien heimzuschicken. Allein nun legten sich die Kardinäle in's Mittel, und die Abgeordneten brachten im Wesentlichen den Bescheid mit, es sei in Zukunft von dem regulären durch das kanonische Recht vorgeschriebenen Gang nicht abzuweichen. Allein auch jetzt noch fuhren beide Parteien fort, im päpstlichen Conklave sich zu bekriegen. Die Erzbischöfe schickten nochmals eine scharfe Kritik des seitherigen Inquisitionsverfahrens, die alte Partei entgegengesetzte [105]).

Auch in Deutschland dauerte der Kampf ununterbrochen fort. Tors kam nach Straßburg zurück, die alten Geschäfte wieder aufzunehmen. Als er aber einen Ritter, Heinz von Müllenheim, wegen Ketzerei vorlud, rannte ihm der das Schwert durch den Leib. Johannes, der „junge lecker," der behauptete, „er sendte die leutt, so letzer wehren, am Gesicht," fand gut, den Schauplatz seiner Thätigkeit nach Freiburg im Breisgau zu verlegen. Allein der Magistrat ließ ihn alsbald einsetzen und aufhängen. Die Stimmung hatte sich geändert. Auch der Straßburger Rath schickte den Dominikanern den gemessenen Befehl: „die leutt nit so stracks und unverhört zu verbrennen." Man habe aus Habsucht gute Christen umgebracht, die gar nicht einmal gewußt was Ketzerei sei. Fortan hätten die Mönche ruhig in ihrem Kloster zu bleiben und sich mit Ketzerspüren nicht zu befassen. Wenn die weltliche Obrigkeit Häretiker finde, so würde man sie als Experten zuziehen, aber die Initiative sei ihnen hiemit entzogen [106]).

Auch der Erzbischof von Mainz setzte die schlimmsten Gesellen aus Konrad's Bande zu weiterer Bestrafung in's Gefängniß, wo sie bald ihre Bübereien unumwunden eingestanden. Indessen gingen in

---

[105]) Quibusdam, schreibt der Papst an den Erzbischof von Salzburg und den Bischof von Hildesheim, proponentibus quod processus (Mag. recolendae memoriae) iniquitatis maculam habuisset, aliis vero referentibus ex adverso, quod pius exstitisset et providus et incremento cath. fidei plurimum opportunus. Hartzh. III. 554. Uebrigens s. u. Dieser zweite Bericht ist's, den wir oben citirten.

[106]) Specklin l. c.

Norddeutschland die Dinge einen andern Gang. Der junge Landgraf Konrad und der Bischof von Hildesheim setzten ungestört, als wäre nichts geschehen, ihre Ketzerjagden fort und vertilgten alle Ketzerschulen in Thüringen, Hessen und Nassau [107]), ja der Deutschordens-Ritter ging in seinem Convertiten-Eifer so weit, ein Ketzerdorf, Willesdorf im Siegen'schen, mit Stumpf und Stiel auszurotten, und hauste ärger als damals zu Fritzlar. Jetzt freilich war von Bann keine Rede.

Das gesammelte Kreuzheer wurde inzwischen gegen die Stedinger verwendet. Diese deutschen Albigenser sollten zur Ehre Christi bis auf den letzten Mann ausgerottet werden. Man zwang die Unglücklichen durch Abschneiden aller Zufuhr an ungünstiger Stelle zur Schlacht (im Mai 34). Der Klerus stellte sich seitwärts, außer Schußweite, auf einem Hügel auf und sang während des Mordens: media vita [108]), um dann nach der Schlacht die Gefangenen verbrennen oder vergraben zu lassen. Den Rest absolvirte zwei Jahre darauf Gregor von ihrem bereuten Ungehorsam, von der Ketzerei aber, wegen deren er seiner Zeit in solche Deklamationen ausgebrochen und wegen deren er sie der Schlachtbank überliefert, ist mit keiner Silbe mehr die Rede [109]). Uebrigens scheint es ihm selbst übel dabei zu Muthe zu sein, denn so salbungsvoll er sich sonst in seinen Erlassen zu ergehen liebt, in diesem ist er trocken und über die Maßen kurz.

Indessen hätten die diplomatischen und Synodal-Verhandlungen in der Inquisitions-Angelegenheit eine interessante Wendung genommen. Noch im August waren die Gesandten mit leidlichem Bescheid zurückgekommen, da traf am 31. October ein an den Erzbischof von Mainz und Konrad von Hildesheim adressirtes Schreiben ein, aus

---

[107]) Landgraf Konrad hat verstört im Land
 Alle Ketzerschulen, wo er sie fand,
 Und den Willandsdorf zuvorn,
 Darauf auch Ketzerschuln worn.
 In der Grafschaft Nassau es lag,
 Welches man hierbei auch wissen mag.
  Hess. Reim-Chron. bei Kuchenb. ad h. Vgl. auch Gerstenberger's Chron. l. c.

[108]) Alb. Stadens. ad h.

[109]) Hartzh. III, 564.

dem sich ersehen läßt, daß in Rom die Dominikaner gesiegt hatten. Konrad heißt wieder der magister bonae memoriae, und von den Bischöfen wird verlangt, alsbald gegen die Ketzer das Kreuz zu predigen, um den moralischen Eindruck seines Endes zu verwischen [110]). Der Bischof von Hildesheim ist, wie wir sahen, dieser Aufforderung nachgekommen. Beigefügt war eine Encyklika an sämmtliche Bischöfe, Aebte und Prälaten Deutschlands, die einen Panegyrikus auf Konrad enthält, der beinahe Kanonisation in Aussicht stellt: „Welcher Hund des Herrn (domini canis), heißt es, hat mit größerem Maul durch sein Geheul die gewaltigen Wölfe erschreckt? (lingua majori latratu.) Wer hat mehr geeifert (zelatus) für die Freiheit der Kirche? Hat er nicht, ein wahrer Diener Mosis, die Bosheit der Welt wie ein zweites Jericho mit Priesterposaunen umgeblasen? ꝛc." Drum wird verordnet, daß an allen Sonn- und Festtagen in allen Kirchen über seine Mörder und deren Patrone der Bann ausgesprochen werde und so lang über ihrem Aufenthaltsort das Interdikt ruhe, bis sie in Rom sich Absolution erworben. In der Kreuzpredigt aber gegen die Ketzer sollte mit gleichem Eifer weitergefahren werden. Endlich wird in einem dritten Schreiben gleichen Datums, an die beiden Genannten und den Dominikaner-Provinzial Konrad, Verfolgung der am Mord Betheiligten angeordnet [111]). Indeß der Erzbischof von Mainz war anderer Ansicht, — mag der Auftrag nur deshalb an ihn adressirt sein, weil der Dienstweg es verlangte, oder irrte sich der Papst in ihm — kurz, er zeigte sich von jetzt an als Hauptgegner der ganzen Mönchspartei. Am 2. Februar 1234 kamen denn die geistlichen und weltlichen Fürsten in Frankfurt zusammen [112]). Der König eröffnete die Verhandlungen damit, daß er den Bischof Konrad von Hildesheim für seine unmotivirten Kreuzpredigten zur Verantwortung zog. Der Bischof erklärte einfach, innerhalb seiner Competenz gehandelt zu haben und verwies auf die ihm noch im October zugekommenen päpstlichen Befehle. In Gemeinschaft mit dem Prediger-Bruder Otto vertheidigte er alsdann auch das Verfahren seines ermordeten Kollegen Konrad. Da es sich hier um eine rein geistliche

---

[110]) Würdtwein VI, 36.
[111]) Alle 3 bei Ripoll. I, 63 ff.
[112]) Chron. Erph. ad h.

Angelegenheit handelte, zogen sich der König und die weltlichen Fürsten zurück. Die geistlichen Herren verhandelten darauf über die Ausschreitungen der Inquisitoren, und als die Opposition nicht aufhörte, Konrad in Schutz zu nehmen, brach einer der Prälaten in die Worte aus: Konrad von Marburg sei es werth, ausgegraben und als Ketzer verbrannt zu werden! Als nun vollends ein Haufe von solchen, die Konrad geschoren oder sonst gestraft hatte, in feierlicher Procession, das Krucifix vor sich hertragend, herbeikamen, ihr Schicksal erzählten und dazu in tausend Verwünschungen über den erschlagenen Ketzermeister ausbrachen, da entstand solch ein Tumult, daß die Vertheidiger Konrad's bereits für ihr Leben fürchteten und kaum mit heiler Haut aus der Sitzung entkamen.

In einer zweiten Session wurde dann am 6. Februar die Angelegenheit des Grafen von Sayn verhandelt. Acht Bischöfe, zwölf Cistercienser=Aebte, eben so viel Franziskaner, drei Dominikaner und mehrere hochgestellte Benediktiner und Weltgeistliche waren zugegen. Der Graf wußte sich vollständig zu reinigen und ward einstimmig frei gesprochen. Ebenso der Graf von Solms, der unter Thränen bekannte, er habe sich nur aus Todesfurcht zu dem Verbrechen der Häresie bekannt[113]). Die Uebrigen, die Konrad gebrandmarkt hatte, wurden absolvirt, darunter aber auch sechs Edle, die an seiner Ermordung betheiligt waren[114]). In den Reichstags=Abschied ward dann ein Passus aufgenommen, der zwar empfiehlt, auf die Ketzer ein scharfes Auge zu haben, aber zugleich Behutsamkeit und strenges Einhalten der Rechtsform zur Pflicht macht, und zu strengerer Controlle wird Allen, die weltliche Gerichtsbarkeit ausüben, zur Pflicht gemacht, mindestens vier Mal im Monat einer Sitzung beizuwohnen, was der König auch seinerseits zusagt[115]). Hierauf schrieb nun der Erzbischof von Mainz eine Synode nach Mainz aus, in der der lang angesammelte Groll gegen die Mönchs=Inquisition

---

[113]) Was Rommel von einer rührenden Vergebungsscene zwischen Konrad von Hildesheim und Heinrich von Sayn berichtet, ist eine Composition des Browerus in den Antiq. Trev. Vgl. Kuchenb. III.
[114]) Das geht aus der päpstlichen Note vom 22. Juli 35 an den Bisch. von Salzb. hervor. Hartzh. 3, 554.
[115]) Alberici Chron. ad ann. 1234.

denn endlich seinen officiellen Ausdruck fand [116]). Nicht nur wird hier eine Bestrafung der Helfeshelfer Konrad's und derer angeordnet, die durch ihr Zeugniß — freiwillig oder unfreiwillig — Andere zum Tod gebracht, sondern es wird auch beschlossen, eine schonungslose Kritik des Konrab'schen Verfahrens beim Papst einzureichen. Konrad's Mörder dagegen werden absolvirt [117]). Ferner, wird in einer Reihe von Artikeln die Ketzergerichtsbarkeit ausschließlich den Bischöfen vindicirt und den Diözesanen bei Strafe von Suspension vorgeschrieben, keinem der Bettelbrüder je wieder die Kanzel einzuräumen, „quia non modica scandala sunt exorta." Auch keinerlei andere geistliche Funktionen sollten sie ohne Beisein des Ortsgeistlichen versehen dürfen. Den Bischöfen wird zudem eingeschärft, ihnen keine geistlichen Aemter zu übertragen, so daß sie nach jeder Seite hin von nun an unschädlich sein würden. Anderseits wird den Klöstern gegenüber Klage geführt, daß die Mönche sich so viel in den öffentlichen Geschäften herumtrieben, statt in ihren Klausen zu bleiben, „womit man keineswegs die allein wolle bezeichnet haben, die vermöge ihres Statuts schon in Klausur zu bleiben hätten," ferner daß Johanniter, Hospitaliter und andere geistliche Korporationen Kirchen mit allen Mitteln an sich zu reißen suchten, und endlich auch die Einmischung solcher Körperschaften in Dinge der weltlichen Gerichtsbarkeit zurückgewiesen. — Damit war denn der ganzen eximirten Stellung der Ketzerrichter der Krieg erklärt. In Folge richtete der Papst seine Reklamationen nicht mehr an den Erzbischof. Erst am 22. Juli 1235, als der Landgraf Konrad zur Kanonisation seiner Schwägerin in Rom war, und inzwischen auch die am Morde Betheiligten, um sich in jeder Weise zu repariren, dort eingetroffen, erst jetzt erhalten der Erzbischof von Salzburg, Bischof Konrad von Hildesheim und der Cistercienserabt von Buch eine scharf gehaltene Note des Papstes, die offenbar von den Berichten des landgräflichen Ketzerjägers influirt ist, da sie die

---

[116]) Akten bei Mone's Zeitschr. für die Geschichte des Oberrh. Bd. 3, 135. Henke und Mone beziehen dieselben auf das Concil von 1233, aber mit Unrecht, da in den Akten im Gegentheil auf die Beschlüsse von 33 recurrirt wird und von den Konrad'schen Angelegenheiten nicht mehr unmittelbar die Rede ist.

[117]) Vergl. Hartzh. 3, 554.

ganze Sache vom Standpunkt der uns bekannten Klique aus betrachtet. Der Papst spricht darin sein höchstes Mißfallen aus, daß seiner Zeit zu Frankfurt auch nicht Einer für die Sache des Glaubens seine Stimme erhoben, daß die der Ketzerei vordem Ueberführten ohne Weiteres losgesprochen und die Söhne des Verderbens, die Konrad's Blut vergossen, zuwider dem päpstlichen Befehle, seien absolvirt worden. Mit schneidender Ironie frägt er weiter: waren denn die Herrn nicht in der Lage unsere Befehle einzuholen? War der Weg zu weit, die See zu stürmisch? Keine Kouriere zur Hand? u. s. f. In solcher Weise wird denn der Versammlung noch nach 1 ½ Jahren der Text gelesen und schließlich das ganze Verfahren kassirt. Dagegen sollen die drei Obengenannten, unter Umgehung ihres Primas zu Mainz, mit den Verfluchten, die ohne Scheu den Herrn verrathen, nach der Maßgabe eines beigelegten Aktenstückes verfahren[118]). Dasselbe macht nämlich den besagten Bischöfen zur Pflicht, Sicherheit zu schaffen, daß die Betreffenden sich zu dem im März 36 abziehenden Kreuzheer einschiffen würden. Zuvor aber sollten sie nach allen größeren Kirchen jener Gegend, in der sie Konrad erschlagen, wallfahren und zwar nackt und baarfuß, nur mit Hosen bekleidet, den Strick um den Hals und die Ruthe in den Händen. Sobald eine größere Menschenmenge sich um sie versammelt, woran es bei solchem Aufzug nicht wird gefehlt haben, sollten sie sich durch jeden Geistlichen der betreffenden Kirchen unter Absingung des Bußpsalms geißeln lassen und ein öffentliches Schuldbekenntniß ablegen. Dann erst solle die Absolution ertheilt werden, ungeachtet man sie bereits zu absolviren sich unterfangen habe. Diejenigen dagegen, die noch nicht zum apostolischen Stuhle gekommen, sollen feierlich unter Verlöschung der Altarkerzen interdicirt werden und all ihre Descendenten infam und zu bürgerlichen Ehren unfähig sein für ewige Zeiten.

Endlich aber soll die obengenannte schöne Strafpredigt für die Theilnehmer der Frankfurter und Mainzer Versammlungen beim ersten Reichstag, bei welchem Kaiser und König anwesend seien, feierlich verlesen werden.

Wir wissen nicht, ob jene Pilger für gut befunden, sich der erwähnten erbaulichen Procedur zu unterwerfen. Die Akten schließen

---

[118]) Beides bei Hartzh. III, 554 flg.

hier. Allein die wach gerufene Opposition, an der Laien, Magistrate, Kuratklerus und Bischöfe gleichmäßig Theil nahmen, war nicht mehr zu brechen. Der Papst brauchte im selben Jahr noch Geld gegen die Römer[119]) und ließ die Sache fallen. Die Deutschen beruhigten sich ihrerseits damit, daß durch Träume und Visionen erwiesen sei, Konrad werde in der Hölle von allen Teufeln gequält[120]).

Den Inquisitoren zu Straßburg war das Handwerk gelegt, die andern Dominikanerklöster waren eben erst im Erstehen und meist in heftigem Kampf mit Bischöfen und Magistrat[121]). Ein oberster Ketzer= meister wird nicht mehr ernannt und im Laufe des ganzen Jahrhunderts keinerlei Thätigkeit von Inquisitionstribunalen berichtet[122]). Als 1358 endlich Urban neue Inquisitoren, darunter den berüchtigten Walter Keerling ernannte, vermochten die Tribunale trotz der Gesetze Carl IV. keinerlei politische Bedeutung zu gewinnen. Die Bewegung der Brüder und Schwestern vom freien Geist brachte dann den Inquisitionsproceß für kurze Zeit auf's Neue in Schwung, aber er blieb ein Theil der bischöflichen Gerichtsbarkeit. Erst durch die Bulle Summis desiderantes affectibus wurden 1484 wieder eigene Inquisitionstribunale gegen die Hexen und Zauberer errichtet, die eben von einem allgemeinen Aberglauben lebten. Die Ketzergesetze der früheren Zeit dagegen wurden bei uns nie wie= der gehandhabt, nachdem Konrad ihre Absurdität so nachdrücklich demon= strirt hatte. In diesem Sinn mag er auch uns ein magister bonae memoriae heißen.

Wie aber hat sich jene häretische Bewegung verlaufen, die man mit so verzweifelten Mitteln hatte bekämpfen wollen? Multi conversi sunt, sagt Trithemius, multi combusti, ceteri latentes evanuerunt. Nicht mehr beachtet werden, das war zu allen

---

[119]) Chron. Erf. 1235.
[120]) Chron. Alberici, Col. 2.
[121]) Ann. Worm. ad ann. 1226 u. f.
[122]) Konrad von Hildesheim, der die nächste Anwartschaft auf diesen Posten gehabt hätte, ging mit klingendem Spiel zur ghibellinischen Partei über, ward des ketzerschen Kaisers Freund und legte endlich den Bischofsstab nieder, um nach so vielen ermüdenden Wanderungen und Wandelungen im Kloster Schönau, unweit Heidelberg, in Ruhe sein Leben zu beschließen. Dagegen ward der Landgraf wirklich Herrm. von Salza's Nachfolger als Ordensmeister, und blieb bis zu Ende ein treuer Soldat der Kurie.